JN238240

四十九日のレシピ

伊吹有喜

ポプラ社

四十九日のレシピ

装画　tupera tupera
装丁　アルビレオ

プロローグ

黄色いワンピースを着て現れたその人は、百合子《ゆりこ》の新しいお母さんになる人だと父が言った。あれは五歳のとき、動物園に行った日のことだ。

乙美《おとみ》、と名乗ったその人はやさしく微笑《ほほえ》むと、一緒にお弁当を食べようと言って重箱を差し出した。

その瞬間、なぜか渾身《こんしん》の力で重箱をたたき落としていた。

父が怒鳴り、彼女がそれをなだめた。足下には小さなハンバーグや星の形に抜かれた卵焼きが散らばり、園内で放し飼いにされていたニワトリがついばみに来たのを覚えている。

あれから三十三年。

継母、乙美は父との間に子をもうけぬまま、二週間前の朝、七十一歳でこの世を去った。

新幹線を名古屋駅で降り、故郷に向かう電車に乗り込みながら思った。

あのとき、継母はどんな思いでお重を詰めたのだろう。初めて会う継子のために、どれほど心をこめて弁当を作ってきたことか。

あの重箱に何が詰まっていたのか。今ならそれが痛いほどよくわかる。

『乙母《おっか》』さん。

『乙美母さん』を縮めて『オッカ』と呼ぶその名をつぶやいてみる。

五歳から三十三年間、つかず離れず、いつでも『乙母』は温かい目で見守ってくれた。

しかしいつも自分は素っ気ない対応をしてきた。嫌っていたのではない。遠慮していたのだ。

乙母の明るさがまぶしくて、素直に好意に甘えることがどうしてもできなかった。

電車が一つ目の駅に止まり、開いたドアから金木犀《きんもくせい》の香りが入り込んできた。

二週間前にはなかった香りだった。

あのときは姑の介護のために葬儀後に東京の自宅へトンボ返りをした。それが二週間後の今、自分にはもう帰る家がない。もし乙母が生きていたら、これから実家に戻る自分になんと言ってくれるだろう。

不意に嗚咽《おえつ》がこみあげ、顔を手でおおう。

今なら素直に言える。

乙母に会いたい。心から好きだったと伝えたい。

そしてもし嫌でなければ、教えて欲しいことがある。

乙母にしか聞けないことが――。

第1章

二週間前、熱田《あつた》良平《りようへい》が釣りに出かけると言ったら、妻の乙美が弁当をこしらえてくれた。

ところが玄関で差し出された弁当の袋にはソースがしみていた。思わず熱田は怒鳴った。

「おい何やってるんだ、ソース、袋にソースがしみてるじゃないか。あぁ、手についた、べとつく、ハンカチ、ハンカチ」

手についたソースをハンカチでぬぐうと、さらに大声が出た。

「何をやってるんだ、ちゃんと入れておけ」

「あれあれ」

そう言って乙美が弁当袋を見た。

「コロッケサンドのソースがしみたのね。ビニール袋に入れて持っていく？」

いらない、と言って靴を履いた。

「もういらんよ」

「大好物なのに？」

「カバンが汚れる。いらない」

弁当の包みを手にして、乙美は寂しげな顔をした。

それが生きている妻を見た、最後だった。

その数時間後、乙美は自宅で心臓発作を起こし、一人で世を去った。テーブルの上には手つかずの弁当包みが置かれたままで、それを思い出すたび涙がこみあげる。

なぜ、あのとき怒鳴ってしまったのだろう。

たかがソースのシミぐらい、注意して持っていけばすむことだったのに。あれが最後の手料理だとわかっていたら、あんなつれないことは言わなかったのに。

コロッケ、ハンバーグ、かぼちゃの煮物、アサリの炊き込みご飯に、ちらし寿司。

そのひとつひとつの味を思い出しながら、小さくうめく。

どれも最高にうまかったのに、思えばきちんと乙美の料理をほめたことがない。それどころか悪気はないのに、気が付くといつも声を荒らげていた。声が大きいのは昔、警備の仕事をしていた名残《なごり》で仕方がないとしても、言い方というものがあったのだ。

寂しげな顔で弁当を抱えていた乙美を思い出す。

共に暮らした年月のなかには笑顔もたくさんあったはずなのに、心に浮かぶのはいつも寂しげなあの顔だ。そのたびに身がよじれるような心地がする。

乙美は、幸せだったのだろうか。

窓の外でかすかな音がして、目を開けた。

乙美が『作業部屋』と呼んで、絵や書き物をしていたこの部屋には正午過ぎの陽光がふりそそいでいた。部屋の主はいないのにやけに明るい雰囲気が満ちている。

その明るさがうっとうしくて、ゆっくりと起き上がるとカーテンを閉め、机の前に座った。

近所の施設で絵手紙の描き方を教えていたせいか、乙美が使っていた机の上には画材や食べ物の絵を描いたハガキ類が何枚も散らばっていた。そのなかの一枚に描かれたラーメンの絵を見て、目を閉じる。

乙美が死んでからこの二週間、まともなものを食べていなかった。親戚が差し入れしてくれる料理は口に合わず、出来合いの総菜にいたっては一口食べただけで気分が悪くなる。それなのに数日おきに電話をくれる娘の百合子に困っているとは言いたくない。東京で姑と同居をしている娘にこれ以上心配をかけたくないし、食べ物のことを愚痴《ぐち》るなどいかにも年寄りじみていて嫌だった。

ところがそうしているうちに食事を含めたすべてが面倒になり、一日おきに配達される牛乳だけを飲んでこの部屋で過ごして一週間以上がたつ。このまま食事を絶ったら乙美のあとを追えると思うが、極限まで腹が減ると喉《のど》を鳴らして牛乳を飲んでしまう自分がいて、それが猛烈に情けない。

「死ぬ度胸もない」

そうつぶやいて目を開け、天井を見る。

築四十年になる二階建ての木造の家は最近、風もないのにしきりと柱や天井がきしみを立てた。

家も泣いているのだ。

そう感じたとき、玄関のほうから女の声がした。

「ごめんください」

それから何度もごめんくださいと言ったあと、「じゃあ、おじゃましまーす」と声がした。

誰かが家に入った気配がした。

「ごめんくださーい、熱田さーん、いますか？　いたら返事して、熱田さーん」

「誰だ」と声を上げた。

その瞬間、部屋の戸が開いた。

「うわ、クサッ」

「くさいとはなんだ」

言い返して、あっけにとられた。

極限まで日焼けしたと思われる褐色の肌に黄色い髪、目の周りを銀色の線でふちどった娘がそこに立っていた。

「井本《いもと》」と名乗ったその黄色い髪の娘は今年で十九歳になり、乙美がボランティアで絵手紙を教えていた福祉施設の生徒だと言った。

傍若無人に部屋に入ってきた娘に、出ていけ、と怒鳴ってみるが声があまり出ない。すぐさま立ち上がる気力もなく、座ったまま熱田は娘をにらみつけた。

「あんた、誰だ」

「だから、井本。井本幸恵《さちえ》ってさっき言ったじゃん」

畳の上に散らばった牛乳瓶を拾い集め、娘が部屋の窓を開けた。振り返った顔には作り物のまつげが重たそうに付いている。

「あたし、乙美先生から頼まれて」

「乙美は死んだよ」

「知っています、と言っても一昨日《おととい》、知ったんだけど。それで来ました。先生に昔、あたし頼まれたんです。もし自分が死んだら、捨てるものとか整理するものがいっぱいあって、絶対ダンナさんと、百合っちが困るから」

「百合っち？」

「先生、娘さんのこと、そう呼んでて」

たしかに乙美は継子の百合子をそう呼んでいた。

「それで先生、家の片づけとかダンナさんのご飯とか法事とか、そういう細々したのヨンジュウ、クニチあたりまで面倒見て欲しいって」

「しじゅう、くにちだ」

「そう、ソレソレ」

黄色い頭が何度もうなずいた。

「一体どういうつもりで乙美はそんなことを」

「ええっと、そう、それなんです」

部屋中を見渡し、井本と名乗る娘が机に目を落とした。

「先生の机ってそれですか」

うなずくと机の横の引き出しを開け、井本が分厚い冊子を出した。

「あ、コレコレ、コレ」

「なんだ、それは」

暮らしのレシピ、と書かれたその冊子を手に取ってみる。それは小さな画用紙のカードの右上に穴を開けてリングに通したもので、学生が使う単語カードを大きくしたような体裁になっていた。

そっとカードをめくってみる。カードは料理、掃除、洗濯、美容、その他、の項目に分かれていて、「ひな祭りのレシピ」、「お誕生日のレシピ」といったタイトルの下に料理の作り方などがイラストで描かれていた。

「乙美先生、洗濯や掃除のコツや、料理のレシピとか、私たちに教えてくれるたびにこのカードをくれたんです。ちゃんとカラーコピーしたきれいなやつを」

「乙美は、絵手紙を教えていたんじゃないのかね」

「そうなんだけど」

一瞬、井本の声が詰まった。

「まあ、いろいろ事情があって。それで、もし何かあったらこれを見てもらいたいって」

そう言って井本が料理のカードをめくって差し出した。

そこには「葬儀の日のレシピ」、続いて「四十九日のレシピ」と書いてあった。

その文面を丁寧に読み、苦々しい気分になる。乙美は葬儀も四十九日も読経や焼香はいらず、ここに書かれているレシピの料理を立食形式で出して、みんなで楽しんでもらえればうれしいといったことを書いていた。

「先生が言っていたのは」

困ったような顔をして井本がレシピを指さした。

「たぶんお葬式は無理だから、できればその、次の法事？　そのときに明るくて楽しい大宴会みたいなのができればいいなって、それが夢だって笑っていました」

「くだらない」

「でもあたし、それをダンナさんに伝えて、それからいろいろ手伝うって約束しちゃったんです」

馬鹿馬鹿しくなって首を振る。こんな礼儀知らずの娘を家に入れるような約束を、どうして乙美は勝手にしたのだろう。

「帰れ」

「でももうお金、もらっているんです。前金だって言って」

「いくらだ」

「一日五千円の四十九日分、そのほか雑費がコミコミで二十五万円」

それは少し高額だ。

どうして乙美はそんな金額を相談もなくこの娘に与えたのか、それにも腹が立つ。

あのう、と言いながら、井本があとずさった。

「返せって言わないでね」

「乙美が払ったものを返せとは言わないが」

「じゃああたし、働きます。がっつり働きますから。最初にまずお風呂、わかします」

「いいから、帰れ」

「でもダンナさん、すっごくくさい。身体、洗いましょうよ」

そう言うなり黄色い髪を揺らして、井本は風呂場へと走っていった。

止めようとして、ため息をつく。たしかに身体を動かすたび、酸っぱい臭いが腹や腰のあたりから立ちのぼってくる。試しに左右の脇を交互に嗅ぎ、その臭気に顔をしかめた。

これほどまでの臭いに、指摘されるまで気が付かなかったとは。

認知症が始まりかけているのではないか。

両手両足に力をこめて立ち上がり、足を踏みしめるようにして風呂場に向かった。すると井本は腕まくりをして、スポンジで浴槽を磨いていた。

顔を上げると、銀色にふちどられた目が笑った。

「すぐに支度するね、ちょっと待ってて」

「いい。シャワーだけ浴びる」

そお、と言うと、井本が風呂場から脱衣場に出てきた。

「じゃあ、背中流すよ」

「結構だ」

「それって結構なお味の結構？　ナーイス、ワンダホーってこと？」

言うなりピンク色のシャツを脱ぎ、下着一枚で井本が笑った。

「違う、断じて違う」

思わず声がうわずった。

「ノー、ノー、ノーだ」

「なあんだ」

脱衣場に笑い声が響きわたった。あわてて隅に行き、背を向けて怒鳴った。

「いいから早く服を着ろ」

「ダンナさんこそ早く脱ぎなよ、服、洗うから」

「ダンナ、ダンナと呼ぶな」

「じゃあ、なんて呼ぶの？　ダーリン？　ダーリン熱田？」

「お父さん……」

突然、細い声が響いた。脱いだ服を手にして振り返る。

「お父さん、昼間から何をしているの？」

下着姿の井本の向こうに、娘の百合子が青ざめた顔で立っていた。


作るのも食べるのも好きでふくよかだった乙美は、結婚した翌年からさらにふくよかになっていったが、同じものを食べていても百合子は太らなかった。百合子は太らない体質なのだと乙美は感心していたが、それは大人になった今も変わらない。

二週間前の乙美の葬儀のときも百合子は相変わらず華奢《きゃしゃ》で、三十八歳になっても清楚な雰囲気を保っていた。肌は百合の花のように白く、儚げな風情を醸し出す細いあごは、二歳のときに病死した生母、万里子《まりこ》にそっくりで、どちらかといえば美しい部類だと熱田は思う。

　それがどうしたことか。

　決まり悪い思いでシャワーを浴びたあと、居間に向かい、なかをのぞく。

　居間の柱に背をもたせかけて座っている今日の百合子は、華奢を通り越して痩《や》せすぎだった。目の下には大きなくまができていて、栄養失調のように見える。しかし何よりも見るに堪えないのは生え際の白髪と長い髪を後ろで結んだ髪型で、その毛先は使い古した筆のようだった。

　その場のいたたまれなさを払拭するためか、黄色い髪の井本は部屋中に散らかっている古新聞や衣類、ゴミ類を片づけながら懸命に話をしていた。どうやらこの娘は雑誌で見た東京の渋谷にいる少女の風俗を真似て、肌を焼き、髪を染めたらしい。

「でも男ウケ最悪で、というか人としてどうよ、って感じになっちゃって。でも気合いを入れて焼いたから日焼け冷めないし、髪の毛は染め粉？　のアレルギーで染め直しができなくって。ほら、だから今はプリンなんです」

　頭を下げて、井本が頭頂部を指さした。

　たしかに頭の真ん中だけが黒く、プリンのカラメルのようだった。

「でも、この外見のおかげでいろいろあって……そのおかげでリボンハウスに入って、そこで乙美先生に会ったんです」

「先生って……」

物憂げに百合子が言った。

「母は、何を教えていたの？」

「いろいろ。リボンの女の子たちに料理とか口のきき方とか、これは私……今も勉強中だけど。あとは服の畳み方とか洗濯とか買い物の仕方とか、ホント、マジですぐ役立つことばっかりで、ぶっちゃけ学校の勉強よりすごく？　役に立ちました。この語尾あげるの、やめなってよく言われたんだけど、すぐ出ちゃう。はい、席、できました」

床に落ちていたものをすべて拾って居間から運び出すと、黄色い髪を振りながら、井本が座卓を部屋の中央に引きずってきた。それから座布団、座布団とつぶやきながら、奥の仏壇の前にある座布団を引っつかむと窓を開け、勢いよくほこりを払った。

「とりあえず、これどうぞ」

辛そうに身を起こすと、這うようにして百合子が座卓へと動いていった。思わず居間に入って百合子の顔を見る。

「百合子……お前、どこか悪いんじゃないのか」

答えずに百合子が井本のほうを見る。掃除機を手にして、井本は隣の仏間に移ろうとしていた。

「あの、あなた……」

「井本です。イモって呼んでください」

「その、イモ、さん。おたふく風邪にかかったことある？」

わからない、と井本は答えた。

「私ね、どうやらおたふく風邪みたいなの。うつすかもしれないから、帰ったほうがいいと思う。もし妊娠していたら……お腹の子に影響はないらしいけど……それでもかからないにこしたことはないみたいだから」

妊娠？　と井本が笑った。

「そりゃ、ねえっすね」

百合子がつぶやいた。

「でも、帰って」

「あの、でも……掃除をちょっとしてから」

「帰ってよ」

「怒鳴るな、百合子」

「お父さんこそ怒鳴らないで」

「怒鳴っちゃいない」

その声がすでに怒鳴り声なのに気付いて熱田は軽く首を振る。

百合子が両手で顔をおおった。

「ねえ一体、あなたはどこから来たの？　何をしているの？　そのリボンハウスって何？　なんのお店？　お父さん、この人と何をしようとしていたの？　乙母さんが死んで二週間しかたっていないのに、それなのに、家に若い子を呼んで」

「俺は何も」

「お父さんもあの人も何よ。古い女房なんて、死んだ女房なんて、子どもを産まない女房なんて、なんの価値もないクズなの？」

「どうしたんだ、お前」

百合子が横を向いた。

「あの……」と掃除機を下に置きながら、井本が小さな声で言った。

「クズだったら、私のほうがどっちかというとそうかも。そもそも私、家出して、ずっと人の家を泊まり歩いて暮らしてて、ヘルスとかソープとか……まともなお店で働いたこと、ないんです」

リボンハウスってのは、と泣いているような顔で井本は笑った。

「アルコールとか、その……セックスとか、いろいろな依存？　みたいなものを抱えた女の子が、みんなでそこから抜け出そうとする互助、なんとかって施設で、その」

ゆっくりと顔から両手を払うと、百合子が「ごめんなさい」とつぶやいた。

「ごめんなさい、私、今、八つ当たりをした。考えなしなことを言ってしまった、と思う。でも……」

「ＯＫ、ＯＫです」

静かにふすまを閉め、井本は出ていった。

なんとなくしおらしく見えたその様子に急に気がとがめ、百合子に向き合って座った。

「百合子、お前、本当に一体どうしたんだ」

何も言わずに百合子がうつむいた。

「浩之《ひろゆき》君は？　お義母《かあ》さんは？」

都内で数校の進学塾を経営している百合子の夫、浩之はこの秋から幼児専門の塾を開くので忙しくなると聞いている。また脳梗塞で倒れて以来、リハビリ中の浩之の母も最近、体調が思わしくないらしく、娘夫婦は乙美の葬儀のときも東京にトンボ返りをしていた。

「お前、まさかあっちのお義母さんのことを放ってきたのか？」

お父さん、と小さな声がした。

「私、この家に帰ってきていい？」

「帰ってくるも何も。ここはお前の家だろう」

「そうじゃなくて」

百合子がうつむくと、つやのない毛束が首筋に流れ落ちた。

「はっきり言え、百合子。なんだ？」

「離婚するの。もう届けに判を押して世田谷の家に置いてきた」

「どうして」

「浩之さんに、女の人がいて」

相手は百合子も顔を知っている、進学塾の事務をしている女で、元は十八年前に浩之が初めて塾を開いたときの生徒だったという。

「それはたしかなのか」

そう言いかけて急に腹が減りだし、気が遠くなる。風呂に入ると腹が減ると言うが、シャワーでも同じような効果があるのだろうか。

お義母さんが、と言って、百合子が小さく息を吐いた。

「二週間前におたふく風邪にかかったのね。デイサービスで行った先でもらってきたみたいで。私も、それ以来なんとなく体調が悪くて……おたふくは一度やっている気がするんだけど、たまに二度かかる人もいるみたい。それで浩之さんに、できればしばらく早く帰ってきて助けて欲しいって頼んだの。そうしたら彼、帰ってこなくなってしまって」

「なんでだ」

「怒鳴らないで。怒らないでよ」

「お前に怒っちゃいない」

語気が荒くなっていることに気付いて、我に返る。

娘に怒鳴ったところで、仕方がない。

「百合子、だけどそれぐらいならただの勘違いかもしれん。忙しくて家に帰れないときもあるだろう。それをすぐに浮気をしているとは」

「お父さん……私を信じてくれないの」

「そうは言ってない。だけど証拠があるわけじゃないだろう」

「買い置きの……避妊具」

あ？　と声を上げて百合子の顔を見る。

淡々と、買い置きのコンドームの数がごっそり減っていたと娘は言った。

「そういうこと、私たちはもうしていなかったし、したとしても使わなかったから。何年も前から封も切らずにあの人のクローゼットの引き出しの奥にあったの。三箱セットで買ったのが手つかずで残ってたわ。それが六月の衣替えのときに見たら一箱と四分の三に減っていたの」

「そ、そうか」

「どうしたの、って聞いたら、職場の若い人にあげたって言うの。でも普通、そんなものは人にあげないし、そうだとしても箱ごと全部あげるでしょう。箱の中身が中途半端に残っているのは変。そのときは納得したけどなんとなくおかしいと思ったから、彼がお風呂に入っているときに持ち物を調べたの。そうしたらあったわ。書類カバンの底に。煙草の空き箱のなかに丁寧にいくつかしまってあった」

百合子が低い声で笑った。

「イヤになっちゃう。そんなことをした自分もイヤ。でもどうしてそんなばれるようなことをするのかな。新しいのを買えばいいじゃない。でももっとイヤなのは」

小さく息を吸い、百合子は早口で言った。

「相手が妊娠したの」

舌打ちしたい気分で腕を組む。娘夫婦は昨年、長い間取り組んできた不妊治療をやめたと乙美から聞いている。

「私に電話してきてその人、言うの。浩之さんはやさしい人だから、何も言えずに悩んでいた。私たちは罪の深さにずっとおびえながら、二重生活をしてきたって。でも赤ちゃんができた。お腹の子に罪はないから、これ以上伝染病の人がいる家に帰ってこいと言わないでって。彼、子どもを持つのは年齢的に最後のチャンスだから、ぜひ産んであげたいのって」

あげたい、というところで語調を強め、百合子は小さく息を吐いた。

「古い避妊具使うからよ。でもひょっとしたら浩之さん、最初から心のどこかでこうなったらいいな、と思っていたのかもしれない」

「そうか」

「生まれてくる子と新しい家庭を作りたいけど、私が哀れで浩之さん、ずっと離婚を切り出せないでいるって、その人はそう言ってた。そこまで言われたら……私、もう出ていくしかない。

子どもには父親が必要だもの」

何も言えず、座卓に目を落とした。

義母の体調が安定したのを見て事情を話し、当面の生活の世話をする人を頼んで、家を出てきたと百合子が言っている。

「私まであの家でおたふく風邪で寝込んだら、あの人さらに家に帰れなくなるし……」

軽く首を振ると、「いや、それはただの言い訳ね」とつぶやく声がした。

「ただの言い訳」

まあ、なんだ、と言って、軽く咳払いをした。

「浩之君は、なんて」

百合子は黙っていた。

「じゃあ、なんだ……あっちのお義母さんは今日出てくるとき、なんと」

「泣いてた。何度も私の手をさすってあやまっていた。あやまることなんてない、私は大丈夫ですって答えた。そうしたら、よけいにお義母さん、泣いた。泣きたいのは私のほうなのに」

「まあな」

「お義母さんの涙に嘘はないし、しばらくは後味が悪くてたまらないと思う。でもきっとすべて、赤ちゃんが来たら忘れるわ。そうしたものよ」

お父さん、とかすかな声がした。

「私、疲れた……とても寂しいです。子どもを産んでも産まなくても、人としての価値に変わりはない。その分、夫や周囲の人を大切にしていこう、そう思うようにして生きてきた。だけどいざこうなると、自分の人生が無為で無力で、女として生きている価値がないように思えてしょうがない」

「そんなことはない、そんなことは絶対にないぞ、なあ」

乙美、と言いかけて、熱田は仏壇に飾られた写真を見る。

つられたように百合子も写真を見て「乙母さんに会いたい」とつぶやいた。

「なんでもないときはたいして連絡もしなかったくせに、今は乙母さんの声が聞きたくてたまらない。勝手よね、いい年した大人が」

少しだけ居間のふすまが開いた。

閉めろと言うつもりが香ばしいゴマの匂いが漂ってきて、腹が鳴った。

「あの……」と言って、井本がふすまの間から盆を差し出した。

どんぶりが二つ置かれていた。

塩ラーメンらしく、透き通った汁には白ゴマと、庭からとってきたのか、青ネギを細かくきざんだものがたっぷりとのっている。

「まあ、昼飯でも食べるか、百合子」

なかに入るよう目で促《うなが》すと、井本はおずおずと入ってきて、そっと卓上にラーメンを置くと去っていった。

「とにかく腹に何かを入れようや百合子。話はそれからだ」

そう声をかけると、鼻の周りを赤くした百合子が箸を取った。

再びふすまが開いて、井本が入ってきた。今度はバターケースを持っている。そして蓋《ふた》を開けると黙って百合子に差し出した。

「なんて不健康な食べ方なんだろう」

そうつぶやきながらもバターのかたまりを大きくすくうとどんぶりに落とし、百合子がスープをすすった。

おいしい、と声がした。

「おいしい。乙母さんの味がする」

百合子がほろほろと涙をこぼした。

「不健康でもこれだけはやめられないって、いつも乙母さん言ってた。バターがスープに溶けるときのホワッとした匂いが大好きだって」

そう言ってうつむくと、スープに涙がしたたり落ちていった。

「お父さん、私、愛ってのがよくわからない」

「愛？」

「浩之さん、泣くの。私のことを愛してる。だけど私を取るか、あちらを取るか、決められない。私のことを傷つけてごめんねって」

「だったら最初からするなよ、浮気なんて」

バターケースの蓋を閉めつつ井本が言った。そのとおりだと思いながら熱田は麺《めん》をすする。

「浩之さん、泣くのよ。どちらとも別れられない、どちらも切ることができないって」

「じゃあチンコ切れ！」

えっ、と声を上げ、百合子が横にいる井本をまじまじと見た。我に返って、熱田も百合子の隣に座っている井本を見る。

「すんません」

鼻をぬぐい、気まずそうな顔をして井本が頭を下げた。

「あの、あたし、二階の部屋、掃除機かけてきます。それからしまってある場所を教えてくれたら、百合っちさんの布団、敷いておきます」

勝手なことをするな、というように百合子が眉間にしわを寄せた。それでも自分でするのは身体が辛いのか、布団の場所を井本に教えた。

ウィーッスと奇妙な返事をして、もう一度頭を下げると足取り軽く井本は部屋を出ていった。

「あの人……一体……何？」

「乙美の弟子で、四十九日の大宴会までの助っ人らしい。気にするな。そんな宴会などしないし」

「四十九日の大宴会？」

なんだか、よくわからないと言って、百合子は麺を口にした。

「そんなことより、お前はなんで今まで黙っていたんだ。今日だって突然帰ってくるなんて」

「言えなかった」

うつむくと、細い声がさらに細くなった。

「とても、言えなかった。お父さんに心配、かけたくなくて」

「ちゃんと言え、そういうことは」

「だけど言ってもね」

激しい勢いで百合子が顔を上げた。

「言ったって、何を聞いてもお父さんの返事はいつも同じじゃない。俺にはわからん、好きにしろ。それればかり。一緒に考えてくれたことなんて一度もないの」

「わからんものはわからん。正直に言ってきただけだ。それに俺が何かを言ったところで、お前が従うわけでもないだろう」

「でも参考意見を聞いてみたいときも……あったのよ」

「もういいから寝ろ、お前、熱があるんじゃないのか」

めったに声を荒らげぬ百合子が激する様子に少しだけひるんだ。熱が高いのか、こちらを見つめる百合子の頬は紅潮し、澄んだ白目がやけに輝いている。

電話が鳴り、百合子が顔を電話に向けた。救われたような気分で電話機の小さなモニターを見る。ナンバーディスプレイのおかげで、かけてきた相手は熱田の姉の珠子《たまこ》だとわかった。

「東京から?」

「珠子おばさんだ」

二階で休みますと言って、百合子が立ち上がった。ほっとしながら熱田は受話器を取る。辛《しん》辣《らつ》にものを言う姉の珠子と話すのは苦手だが、それでも今の百合子と向かい合っているよりははるかにましだった。

第2章

寒くてたまらずに目覚めると、低い天井が目に入ってきた。ここはどこ、と一瞬考えて、実家に戻ってきたことに百合子は気が付いた。枕元に置いた携帯電話で時間を見る。父と話してから、四時間近く眠っていた。

再び目を閉じ、布団にもぐりこむと、夫の浩之の声がよみがえった。

「どちらも選べない、どちらも切れない」

小声でかみしめるように彼が言ったのは、妻か不倫相手かではなく、生まれてくる子か、妻である自分かを選べない——そう迷ったのだと思いたい。

寝返りを打ちながら固く目を閉じる。

だったら棄権しよう。生まれてくるその子にパパをあげよう。きっとあの人の子どもだったら、可愛くて利発な子だろう。男の子でも女の子でも、可愛らしいチビッコがやってくるに違いない。

結果的に、あの笹原亜由美《ささはらあゆみ》という若い愛人に、すべてを渡すことになったとしても。

妊娠中で気持ちがたかぶっているせいなのか、それともそういう性分なのか、亜由美は自分の意に沿わぬことがあると、自傷や自殺をほのめかす行動をとるようだった。それがどうやらはったりではないことは、夫の対応を見ているとなんとなくわかる。

泣きたいのに涙は出ず、かわりに身体が震えて歯が鳴った。寒い、と思って身を丸めると、枕元で携帯電話が鳴った。

反射的に手を伸ばして電話に出ると、夫、浩之の妹からだった。

挨拶もそこそこに、義妹がいらついた声で、東京にはいつ帰ってくるのかと聞いてくる。兄との間にトラブルがあったのはわかるけれど、東京の家をしばらく空けるのは無責任だと言う。

「百合子さんがずっと実家に帰るって浩之兄さんから聞いたから、心配で今日、おじゃましたの。そうしたら、家政婦？　介護サービス？　の人がいて。なんだか感じが、好きじゃない」

自分たちは離婚を考えているのだと言うと、義妹は一瞬黙ったあと、すぐに言った。

「でも、あのヘルパーさん本当にどうかと思う。ママとも気が合わないみたいだし、やっぱりママは百合子さんじゃないと駄目みたい」

だから、どうしろと言うのだろう。

実の母親なのに、どうして他人事《ひとごと》のように言うのだろう。

しかし何も言えない。言ったところで、子どものことが大変でとても手がまわらないと言われるだけだ。

思えば義母と同居するときもそうだった。

八年前に浩之の姉夫婦が家を建てたとき、義母はその費用の一部を負担して、ずっと娘一家と暮らしていた。しかし娘の夫とそりが合わず、三年前に脳梗塞で倒れてからは娘とも折り合いが悪くなり、二年前から自分たちの家に来た。

「浩之は長男なんだし、あなたたち二人暮らしなんだから、ゆとりがあるでしょう」

そう義姉は言った。

「もう、うちは毎日カツカツ。浩之のところは教育費、かからなくていいわよねえ」

教育費はかからないが、自分たちに老後の保障はない。子どもや孫に頼ることはできない。そのうえ不妊治療にはかなりの費用がかかる。

でも何も言えなかった。

ことあるごとに「子どもなんて普通にしていれば、普通にできるものじゃないの」と、浩之に言っていた義姉にだけは、どうしても――。

布団からそろそろと這い出て、あたりを見回す。部屋には西日が入り始めていた。

その光に誘われるように、窓を開ける。

目の前には夕日を浴びて朱色に染まった川が流れていた。

玄関から道を渡ったところにあるその川は、海が近いせいか流れがゆるやかで、川原にはところどころすすきが生えている。十年前に大がかりな護岸工事をして土手はコンクリートで固められたが、それでも流れる水の美しさは変わらない。

携帯電話がまた鳴った。川を眺めながら電話に出る。

今度はその義姉からだった。自分が家を出ることで生じる、二十四時間介護のための家事代行サービスの費用を、兄弟三人で分割して負担するのは納得できないという話だった。

「家政婦って、別に母の世話だけじゃなくて普通の家事もちょっとはするんでしょう？　おかしいじゃない、そんな費用までうちが負担するのは。お宅の都合でそういうサービスを使うんだから、あなた方が負担するのが筋じゃない？　うちも下の子が来年、受験だから、そんな余裕はないの」

聞いているうちに不愉快になり、電話を切ると、そのまま窓から思い切り川に向かって放り投げた。

子どもの未来に金は出せても、先のない老人には金は出せない。

そういうことか。

それとも長男の嫁は介護要員というのか。

階下で電話が鳴る音がして、我に返った。その瞬間、自分のしたことに驚いて立ち上がった。あわててカーディガンを羽織り、そっと階下に下りる。おそらく壊れているだろうが、機器のなかには友人の電話番号やメールアドレスが入っている。放っておいてはいけない。

居間をのぞくと父が背を向けて電話に出ていた。仏間のほうからは掃除機の音がする。井本という名の黄色い髪の娘もまだいるらしい。

サンダルをつっかけると、家の前の車道を渡り、コンクリートの階段から川原に下りた。

まだ若いすすきの穂が風を受けてなびいている。

それは以前、浩之と一緒に見た箱根の光景に似ていて、足を止めた。

夫婦二人きりの生活でもいいと夫は言ってくれた。それなのに無理強いして不妊治療を続けた。

なかなか功を奏さないのに業を煮やして最後の三年間は図書館の司書の仕事も辞め、不妊治療を中心に生活をしてきた。

そして気が付けば、夫婦仲が冷えていた。

ゆっくりと歩き出しながら、すすきを眺める。揺れる穂先の間から、川面《かわも》に反射した赤い光がきらめいている。

もっと日々の暮らしを大事にすればよかった。

でも夢中だった。

子どもさえできれば、すべてに埋め合わせがつくと思っていたから。

石に足をとられて、しゃがみこんだ。しゃがみついでにあたりを見回してみる。たしか携帯電話はこのあたりに落ちたように見えたが、シルバーグレーの機器の色は周囲にすっかりとけこんで目に入ってこない。

熱のせいか身体の節々が痛んできた。

乙母はこの川原を散策するのが好きで、よく話していた。

川はすべての境目だと。あの世とこの世、理想と現実、過去と未来、狂気と正気、あらゆる相反するものの境目で、川はすべてを水に流して進んでいくのだと。

乙母の声音が心によみがえってくる。たしかこの話をしていたとき、こんなことを言っていた。

「迷ったら川に行くといいよ。答えが見つかるから」

答えは、どこにあるのだろう。

そもそもなんの答えを探しているのだろう？

探しているのは……そう思ったとき、携帯電話の着信音が聞こえた。膝をついてあたりを見渡す。すると三メートルほど先の目の前に、チカチカと光るものがあった。

「よくもまあ壊れずに」

そうつぶやいて、電話に向かって這った。立ち上がるのがおっくうで、そのまま這っていこうとして、動きを止める。

夫からだろうか。

出たくない。

でも……。

電話は鳴り続けた。よろめきながら立ち上がり、駆け出した。しかし着信音は切れた。

薄闇のなかで再び電話の所在がわからなくなった。かがみこみ、川原を探りながら水に向かって進んでいく。

そのとき、後ろから女の悲鳴が上がった。

「百合ちゃん」

続いて「百合子」と父の怒鳴り声がした。

「百合子、やめろ」

「な、何を？」

振り返ると、転がるようにして父と井本が階段を下りてくるのが見えた。川沿いのガードレールをつかんで老女が叫んだ。

「百合子、駄目、早まっちゃ、百合、百合ちゃん」

猛烈な勢いで井本が走ってきて、背中に抱きついた。

「駄目っすよ、百合っち、ダメダメ、絶対ダメ、ダメです」

「駄目？　駄目って何が？」

川原じゅうに響く声で父が怒鳴った。

「何をやっとるんだ、百合子」

「あの、携帯、携帯電話が」

「携帯がどうした」

「携帯電話が」

　再び着信音が鳴った。

「あの、私の携帯を取って」

「なんでお前の電話が川原にあるんだ、しっかりしろ百合子」

「いいから、とにかく鳴っているのに出て」

　そう叫ぶと、着信音はまた切れた。

　腰をかがめて井本が「これッすか？」と石の間から小さなかたまりをつまみあげた。

「誰から？」

「非通知」

　思った以上に長いため息が出た。

「なんだ、お前は」

　護岸に反射して、父の怒鳴り声にエコーがかかった。

「あんなこと言っておいて、お前、ひょっとして浩之君の電話を待っているのか」

「待っている、わけじゃ……ないけど」

「まぁ、とりあえず戻ろうよ」

　電話をピンクのシャツのポケットに入れながら、黄色い髪の娘が言った。

「お客さんもいることだし」

言われてガードレールを見上げたら、またため息が出た。そこに立っていたのは、父も自分も親戚のなかでもっとも苦手にしている伯母、珠子だった。

「まったく、この家の衆はなんなのかねぇ、そろいもそろって」

乙母の遺影に手を合わせてから振り向くと、腕組みをして、伯母の珠子は言った。

「良平の電話の話しぶりがおかしいから見に来てみれば、家はゴミ屋敷、娘は自殺騒ぎで」

「自殺だなんて」

「携帯をね、二階から投げ捨てるって時点で、もうすでにあんたはおかしい、変。間違ってる」

事情はまあ、さっきお父さんから聞いたけど、と伯母がつぶやき、何度か首を振った。

「ダンナの浮気だって？」

その口調が苛立《いらだ》たしくて、唇をかむ。

東京から兄弟で疎開してきて以来ずっとこの地方にいるのに、伯母の珠子は意見を言うときは方言を話さない。江戸っ子風というのか歯切れが良く、そこに関西風の遠慮のなさが加わって、言葉で勝てる者はまずいない。しかも末っ子の父はこの伯母の援助で学校を出たこともあって昔から強くものが言えない。

そしてひとたび興味を持ち、知りたいと思ったら、相手が誰であれ、伯母は執拗に質問を浴びせかけ、得た答えをパズルのように組み立ててすべてを把握してしまう。

それでも、と思いながらそっと自分の身を抱く。

そのおかげできっと伯母は電話ごしにこの家の様子を察し、見に来てくれたのだろう。

思えば帰ってきたとき、家は大変なことになっていた。床には手つかずの総菜が腐って転がっていたし、新聞は読まれないまま散乱していた。父の頭はしばらく洗っていなかったのか、わずかな毛髪がべったりと地肌に貼り付き、身体はひどく痩せていた。

自分だけではなく、父もまた大変な状況に——。

「ちょっと」と伯母の声がした。

「ちょっとここに座りな、百合ちゃん。腕なんて組んでないで」

「姉さん」

言いにくそうに父が声をかけた。

「百合子は具合が悪いから、今日はそっとしておいてもらえないか」

「こういうことは今言っとかなきゃ駄目だよ。あんな騒ぎを起こしたあとなんだから」

「姉さん」

「男にはわからん話だよ」

それにしても、まあ、と伯母が大きく息を吐いた。

「なんだい、百合ちゃん、浮気ぐらいで離婚だのなんだのって家に帰ってくるなんて。だから産んどきゃよかったんだよ、四の五の言わずに若いうちにさ。遊びたいとか仕事をしたいとかいろいろ若いうちは思ったんだろうけどさ。子はかすがいって言うじゃないか」

「姉さん」

「百合ちゃん、なまじ賢いからこういうことになるんだよ。うちの明美《あけみ》なんて見てみな、あんたみたいに大学には行かなかったけど、今年は末の子が中学に上がるよ。あんただって産んどきゃそれぐらいの子がいたって」

「いない子どもの年を数えても」

「そう、それ、その態度、それが良くない」

「あのぉ、お茶」

居間のふすまを開けて、黄色い髪の娘が顔を出した。

「緑茶、紅茶、麦茶、ウーロン茶、ドクダミ茶、センブリ茶、どれがいいですか」

「なんでもいいよ。話の腰を折るんじゃないよ」

そう言いながら伯母が顔をしかめた。

「ところで、何、あれ」

「母が、いろいろお世話した人で」

「あぁ、あのボランティアね」

小さく伯母が笑った。

「乙ちゃんも酔狂でいろいろな問題児の面倒見てたけど、その流れか、ご立派なことで。でも百合ちゃんがある意味で一番、問題児だったよねえ。乙ちゃんにはまったく全然、なつかなかったし、ねえ良平」

父が横を向いた。

「そんなことはない」

「ね、百合ちゃん、よく聞きな。あんたはね、子どもがいないから人の情ってのがよくわかんないんだよ。子どもはね、親を成長させるよ。あんたは若いままで成長が止まってるんだ。だから亭主の愛人問題ぐらいでガタガタ言うんだよ」

「姉さんだって……」

父が大きく咳払いをした。

「昔、泣きわめいたじゃないか」

黙ってな、と伯母が一喝した。

「いいからとっとと家に帰って、あっちのお義母さんの面倒見てやりな。あんたには、それしかあっちの家に居残る手だてはないんだから」

「居残るって……」

「じゃあ何、離婚して帰ってくるの？　この家に？　生活どうするの？　四十近い女の勤め先なんてどこにもないよ。あんたにスーパーのレジが打てるのかい？」

続けざまに父が咳払いをした。

「結局ね、こういう世間一般のものの見方考え方、ズバッと言ってくれるのは身内の私しかいないんだよ。いいかい百合ちゃん。あんたの年ごろの女はみんな子どもの世話に忙しくて亭主のことなんか構うヒマもない。浮気だのなんだので死ぬの別れるのとは言わないよ。我が子を片親にするわけにはいかないからね、それが大人の責任だ」

それならば、やはり自分の選択は正しいのだ。そう思ってうつむくと、いいかい、と伯母の声がさらに大きくなった。

「いい年して、あんたはまだ子どもなんだ。昔だったらあんたは離縁されて当然の人間なんだ。それをちゃんとわきまえて謙虚に生きていかないと痛い目に遭うよ。耳が痛いかもしれないけどよく聞きな、良薬は口に苦しだ」

「おい」

顔を上げると、伯母が驚いた顔で父を見ていた。

ふすまに向かって父が声を上げた。

「おい、最後のやつ」

ハイ？　と井本の声がした。

「あぁお茶ね。ハイハイ、最後のやつ」

「ぬるめにな」

調子いい返事、と鼻の脇にしわを寄せて伯母が笑った。

「とにかく百合ちゃん、わかったらとっとと東京に帰ってやりな」

「私、でも……おたふく風邪に……かかったみたいで」

「おたふく？　気のせいだよ、顔もふくれていないし、ただの風邪だろ。それぐらい東京で治しな。いいかい、家は女の砦《とりで》、女の城だよ。本妻が城の本丸を明け渡してどうするんだい。もっとドンと構えてな」

でも、と言いかけて、口ごもる。どうやら伯母は夫の愛人に子どもができたことを知らないらしい。

「相手に……子どもが」

「なんだって？」と伯母が言ったとき、盆を持って井本が入ってきた。

「まあ、姉さん、お茶でも」

父が伯母の前に茶を出した。

「いいよ、そんなのお構いなく」

そう言いながらも伯母は茶碗の蓋を開け、一気に中身を飲んだ。が、その瞬間すべて吐き出していた。

「なんだい、このお茶、腐ってるよ」

あわててティッシュを箱ごと伯母に渡す。大量のティッシュで口を押さえながら、伯母がうなった。

「苦い、すごく、苦い、水、水ちょうだい、何これ」

センブリ茶だ、と父が言った。

「センブリ茶って、なんだい良平、口がしびれるよ」

「胃に良い」

「えっとお」と雑巾と水を持って井本がやってきた。

「箱によるとぉ、胃とか内臓系に素晴らしく良いらしいっす」

「なんでこんなもの、私に飲ませるの」

「熱田さんのリクエスト」

「良薬は口に苦い」

「いいから水、早く水」

ひったくるように井本からグラスを奪うと、伯母は水を飲んだ。

「飲めないいなら今度にしてくれ、姉さん」

「なんだい、電話のあんたの調子が変だったから見に来てやればこの扱い。あぁいやあね良平、帰って欲しけりゃ、素直に帰れって言えばいいじゃないか」

「帰れ」

「帰りますよ。あぁ帰るよ。乙美さんはこういうとき、本当に気持ちよくお客を帰してくれる人だったけど、あんたの愛想なし、弟ながら涙が出るわ。本当によくもまあ乙ちゃんも我慢したもんだ、百合ちゃんもねえ、あんたは昔はきれいだったのに、今は良平に顔そっくり」

「おみやげにお茶どうっすか」

「いらないよ、なんなのこの家は」

見送らなくていい、と怒鳴りながら伯母は音高く玄関の戸を閉めた。途端に家のなかが静かになり、膝に置いた手をきつく握りしめる。

伯母の言葉はその昔、親戚の女たちが言っていたことと似ている。彼女たちは乙母の明るい言動や容姿を若々しいとほめておきながら、席をはずしたときに苦笑していた。

『子どもを産まない人はいつまでも子どもみたいよね』

『出産がなければウチらだってきれいでいられたさ』

そのあと彼女たちは「百合ちゃん、頑張ってね」と口々に言い、頭をなでていった。

一体何を頑張れと言ったのか、今もよくわからない。ただ折々に交わされた継母への言葉はなぜかずっと覚えていて、数十年たった今、すべてが心に突き刺さる。

誰も悪気はない。自分だって親になっていたら、似たようなことを感じたのかもしれない。

伯母が言ったことは、たしかに世間の誰もがそう思っていることなのだ。

急に喉が渇いて、そっと目の前の黒い茶を飲んだ。

その途端、口から中身がすべて出た。

「なに、これ、苦い、苦すぎる、舌、しびれる」

服の袖で口元を押さえたら、急に涙がこみあげた。嗚咽がこみあげ、あわててティッシュを大量につかみ、顔に押しつけるとさらに涙が吹き出てきた。

それは茶のせいか、悲しくて泣いているのか自分でもわからず、照れ隠しに再び茶をあおる。

「うわ、本当に……なにこれ」

「どれどれ」

井本が手を伸ばし、勢いよく飲んだ、その途端に吹き出し、やはりティッシュで顔を押さえた。

「やば、やばすぎ、これマジで飲み物？　マジで泣ける」

咳き込みながら、井本はしゃがみこんだ。

泣いているのか、咳き込んでいるのかわからず、苦しみも突き抜けると笑いに近いのか、泣きながら笑って、井本の顔を見た。

「苦い、苦いよね」

「ゲキ苦っすよ」

井本が顔をしかめて、ふと視線を上げた。

つられて顔を上げると父があきれた顔でこちらを見ていた。

父がティッシュを数枚つかみ、湯呑みを手にした。

「お父さん、飲むの？」

「飲むんすか？」

黙って父は茶をティッシュにひたすと、それを頭へとすりつけた。

「あの……それ、育毛剤なの？」

「胃にも効く」

「マジで生えるの？」

「わからん。が、乙美は、毎日やれと言った」

そう言って背中を向けると、ティッシュを頭上にのせ、父が平手で頭をたたき始めた。どこか剽軽《ひょうきん》なその手つきを見て、うつむいた。

幼いころ、泣いていると父は決まって無言であやしてくれた。真顔でいるのに鼻の穴だけ小刻みに動いていたり、吐いた煙草の煙が輪になって漂ってきたり。

それはいつも瞬間芸で、つられて笑うとすぐ消えた。

幼いころのように笑うことはもうできず、嗚咽に近い声がもれた。それを抑えて座り直す。

泣いては駄目だ。泣いたら、父を困らせてしまう。

「少し……元気……出てきた」

「やるじゃん、熱田さん」

手を止めると父は立ち上がり、乙母が作業部屋と呼んでいた部屋に向かっていった。
その姿を見上げて、目を伏せた。
大きな背の向こうで、なぜか父が泣いているような気がした。

第3章

明け方に腹が減って目覚め、台所に向かうと熱田は牛乳を飲んだ。冷たい牛乳のせいで目が冴えたので、乙美の作業部屋に入った。

ここ数日、黄色い髪の井本が毎日来て家事をしてくれるおかげで、食事をとり、風呂に入るようになったが、作業部屋にこもることはやめられなかった。乙美が教えたせいか、井本がする家事は洗濯物の畳み方も料理の味も乙美と同じで、なつかしさを通り越して時折涙がこぼれそうになる。

百合子の咳き込む声が二階からかすかに響いてきて、天井を見上げた。

おたふく風邪ではなかったが、娘は帰ってきた日から寝込み、今日で五日目になる。

百合子が実家に帰ってきたことに対して、夫の浩之から何か説明があるのではないかとここ数日、電話を待ち続けた。しかしなんの連絡もない。三日が経過したあたりで、こちらから連絡するべきか迷い始めた。夫婦のいさかいには当人同士しかわからぬ事情があるとはいえ、職場の若い女と不倫をして、そちらに子どもができたから出ていけというのは乱暴すぎる。

しかし浩之は穏やかで思慮深い男で、百合子とも仲むつまじく見えたし、そんなことをする男には思えなかった。娘の言い分だけを聞いて、頼まれてもいないのに親が出ていっては、話がよけいにこじれるような気がする。それでも咳き込み、やつれていく娘を見ると、黙っていて良いものかと迷う。

愛ってわからない、とラーメンを食べながら娘はつぶやいていた。妻と愛人、どちらとも別れられないという、身勝手な夫の言い草に泣きながら。では愛とは何か。

くだらん、とつぶやいた。夢見る少女でもあるまいし、そんなこと。

しかしそのたびに乙美の寂しそうな最後の顔が頭に浮かぶ。

乙美は幸せだったのだろうか。それはつまり、そのまま愛とは何かという問いに対する答えに思える。

考えては、いつも途中でやめてしまう。

くだらない。わからんと正直に言えばいい。本当にわからないのだから。

それでもなぜか途方にくれる。そして乙美の机の前に来てしまう。

目の前には乙美のレシピのカード集が置いてあった。

何気なく手を伸ばして、カードをめくってみた。電話帳ほどの分厚いカード集は料理の項目が終わると掃除の項目が始まっていた。

それを数枚めくってみたら、思わずほお、と声が出た。

「基本のおそうじ」と書かれた下には、自分そっくりの男が楽しげに階段を磨いていたり、掃除機をかけているイラストが入っていた。

　他の項目のページを何枚か開いてみて、また軽く声を上げた。なかに描かれているイラストは百合子と思われるポニーテールの少女だった。その絵の可愛らしさに思わず微笑む。子ども時代の百合子の特徴をよくとらえた絵だった。

　面白くなって身を乗り出し、分厚い中身をざっと眺めてみた。どうやらこのレシピに登場するイラストは少女時代の百合子と実物よりさらに丸くふっくらと描かれた乙美、少し若々しく描かれた自分の姿だった。

　丁寧に彩色されたカードはどれも美しい絵のようだった。見ているうちに自分が描かれたものをじっくり読みたくなり、掃除の項目を再び眺める。

　それにしても、と声が出た。

「なんとまあ、愛嬌たっぷりに描いてくれたもんよ、なあ、乙美」

　そうつぶやきながら、イラストの線をなぞる。

　こんなふうに見つめられていたのか。

　ついでに添えられた文章も読んでみた。

　毎日の掃除、と書かれた項目には『掃除機は重いから週に一、二回で十分。毎日、軽く不織布のモップで拭くだけでＯＫ』と書いてある。

　そのモップを台所で見かけたのを思い出した。カード集を持って台所に移動し、モップを手にしてみる。

思った以上に軽いのに気をよくして、イラストを見ると、『畳も板間もこれひとつでピッカピカ!』と書いてある。試しにそのモップを持ち、台所の板間を一周してみた。

たしかにきれいになった気がしたので、そのまま家中の畳と床を拭いて、再びカードの続きを見る。『普段の掃除はこれでおしまい』と書いてあった。

「なんだ、簡単だな」

そう言って次を見ると、『余力があったらほこり取り』という項目があった。イラストはなぜかフラメンコの衣装を着た自分と乙美が羽箒《はぼうき》を持ち、格好いいポーズを決めていた。

台所のモップの横に、イラストと同じ不織布の羽箒があるのを見つけた。

絵の横には『なでるだけでほこりが取れてピッカピカ!』と書いてある。

試しにそれを持ち、窓の桟をなでてみた。ほのかに明るくなった気がする。続けて二階の窓を拭きに階段を上がって、百合子が寝ていたことに気が付いた。

部屋に入るのは気まずいので、二階の廊下の窓を拭く。

小さく咳き込む声がした。

部屋のふすまを少し開けて、廊下の窓を全開にしてみる。新鮮な朝の空気を入れたら、少しは喉が楽になるような気がした。

しかし窓を開けた途端に、ため息が出た。雨どいにゴミが詰まり、屋根の塗装がひどく剝《は》げ落ちている。

乙美が屋根のことを気にしていたのを思い出した。たしか若い人に手伝いを頼むから、近いうちに一緒にペンキを塗ってくれと言っていた。

再びため息が出た。しかしそのついでに大きく息を吸って、深呼吸をしてみる。

あたりはうっすらと朝もやに包まれ、川音だけが響いてくる。

結婚してこの家に入ったとき、乙美は言っていた。

川はあの世とこの世の境目だと。盆に灯籠《とうろう》を川に流す風習があるのは、昔の人がそれをわかっていた証拠なのだと。

そのせいか乙美は何かあるたびに、川原に行っていた。とりわけ百合子に関することは、必ず小さな花束を川に流して手を合わせていた。百合子の実母、万里子に報告するのだと言って——。

川は境目、とつぶやいて景色を見る。

万里子が百合子の下の子を流産したのも、この川原にいたときだった。突風にあおられた何かを拾いにいったはずみと聞いている。それは持病がある万里子の二度目の妊娠をあやぶんでいた矢先の出来事で、まるで胎児が母親を気遣って姿を消したように思えた。

そのせいだろうか。

昨日、夕日で赤く染まった川に這っていく百合子を見たとき、身体の奥底から震えがきた。

まるで百合子があの世に引き込まれていくような気がして、夢中になって叫んでいた。

馬鹿なことを、と思いながらも、二人の妻の名を呼んでみる。

万里子、乙美。

――百合子に力を貸してやってくれ。

そのとき、朝もやのなかから井本が橋を渡ってくるのが見えた。

肩にかけたリュックの紐をしっかりと手でつかみ、一歩一歩を踏みしめるようにして黄色い髪の娘がやってくる。

二宮金次郎の銅像が歩いてくるようだった。気が付くとなぜか笑っていた。

おはようっす、と井本が手を振って駆けてきた。そして窓の下に来ると今度は両手を振った。

「何か用ある？　なかったら私、このまま買い出しに行ってくるよ」

「買い出し？」

「この川を下っていくと、朝市がたっている場所があって。週に二回、このあたりの農家や漁師さんがいろいろ売ってくれるんだけど」

そう言われてみれば、乙美から聞いたことがある。それどころか一緒に行かないかと何度も誘われていた。

「その、朝市ってのは肉とか卵とかあるのかね」

「肉はね、あるときとないときがある。卵は毎回あるよ。あとは花や果物なんかも」

百合子に何か力のつくものを食べさせてやりたい、そう思って卵を頼もうとしたとき、井本がうれしそうに言った。

「ねえ、だったら一緒に行く？　起きているんだったら、散歩がてら。今日は水曜日だから、天然酵母のパンとか、有機大豆の豆乳の屋台が出るよ。ほんと、どれも新鮮でマジうまいからびっくりするよ」

出かける気力はなかったが、あまりにうれしそうな笑顔に断れず、階下に下りて靴を履いてみた。

気力も体力もないが、動けば力がわいてくるかもしれない。

玄関の戸を開け、朝もやのなかで再び深呼吸をしてみる。

清々《すがすが》しい空気が身体のすみずみにまで行き渡るのを感じた。


川沿いの道を井本と並んで歩き始めると、もやは晴れ、朝日が水面を照らして輝いた。

そのまぶしさに思わず目を細めると、隣で井本が歌うように言った。

「私ね、朝市、大好き。前は早起きなんて絶対できない、って思っていたけど、空気、きれいだし、川沿い歩くのは気持ちがいいし、おいしい朝ご飯が食べられるし、最高。これも乙美先生が教えてくれたんだ。よく一緒に行って、先生に食べ物の買い方とか教えてもらったよ」

「買い物なんて、銭を払えば終わりだろう」

いや、それが、と井本が熱心な口調で言った。

「あたしもそう思ってたけど、賢いやり方があるんだよ、食べ物を買うときには。『パトカー、プラス信号でOK』っていう法則が」

「なんだ、それは」

「レシピのカードのなかにきっと書いてあるよ。あのね、パトカーの白と黒、信号の赤、黄、緑、この五色のものを食べると、身体に必要なものがそろうんだって。だから食べ物やお総菜を買うときは、パトカープラス信号って考えながら買うわけ」

黒、白、赤、黄、緑、と指を繰って熱田は首をかしげる。

「黒い食べ物ってなんだ？」

「黒ゴマとかひじきとか黒砂糖」

「白は？」

「ご飯、豆腐、牛乳、大根、タラの切り身とか」

食物のことは知らないが、牛乳と大根が一緒というのは乱暴な分け方に思えた。

「ずいぶん、適当な分け方だな」

「でもわかりやすいよ、そのおかげであたし、鮫肌が治ったし。前はひどかったけど、その五色をそろえて食べるようにしたら、すごい良くなった」

　これだけ日焼けをしていたら、さぞかし肌も傷むだろう。奇抜な化粧で素顔の見当がつかないが、たしかに肌のつやは良いようだった。

「その肌は日焼けかね」

「そうだよ。そういう機械があるの」

「なんで、そこまで日焼けを」

「まったく別の人間になれるみたいなのが気持ちいいっていうか。自分がリセットできる感じというか。でも今はちょっとやりすぎたって後悔してる。メイクも大変だし」

「それなら目の銀ぶちだけでもやめておけばいい」

　やめられないよ、と井本が笑った。

「アイメイクとつけまつげがないと、目がシジミみたいになっちゃうもん。やっぱ目力って大事じゃない？　でも肌の色がさめたらメイクも薄くするつもり」

「ゴテゴテ塗ると、さめるのが遅くなるんじゃないのかね」

　そうかな、と井本がつぶやいた。

「でも素に戻る日が来るのも寂しいね」

「そっちのほうが器量よしに見えると思うがな」

　うれしそうに井本が笑った。目尻の周囲がふわりと玉虫色に輝いた。

化粧としては奇妙だが、絵だと思えばきれいに描いてある。

ひょっとしたらこれも乙美が教えた産物なのかもしれない。

「乙美は、あれは一体何を教えていたんだ？」

「絵手紙を教えてくれたんだけど、私たち、なんと言うの……」

髪をいじりながら、井本が少しためらった。

「全部が全部じゃないんだけど、リボンハウスに来る子は……家が恵まれていないことも多くて。本当、単純に物の食べ方とか、話し方とか、洗濯、掃除の仕方？　ちゃんとした下着のつけ方、ゴミの始末の仕方、そういうことすら、わからなくて。教えてもらえなかったし、聞けないし、聞ける相手もいなかったし」

聞ける相手が身近にいたら、断ち切れぬ習慣に溺《おぼ》れることもなかっただろうと井本は言った。

「そうなる前に、きっと相談もできただろうし」

「あんたも……イモさんも？」

「イモ、でいいッス。そりゃもちろんバリバリに」

井本は笑った。

「リボンハウスのリボンって、英語で再生とか生まれ変わりって意味らしいんだけど、たしかに私、先生とあのカードに出会って変わった。今の自分は身体にいい食べ方を知って、料理や掃除もできて、自分を大切にできる。手持ちのカードが増えていったら、自分に誇りが持てるようになった。すごいじゃん、こんなこともできる、あんなことも知ってる私、って感じで」

リュックサックの肩紐を手でつかむと、井本はうつむいた。

「結局……絵手紙の書き方を教えてくれようとしても、私、書く内容、何もなかったわけっすよ。何も知らなかったし、わからなかったし、人生最低、かったるいと思ってたし」

「今は……」と言いかけて、口ごもった。

「今は好き」

顔を上げると井本がうれしそうな声を上げた。

「熱田さん、朝市が見えてきたよ」

井本が指をさすほうを見ると、川沿いにある大きな野外駐車場に軽トラックやワゴン車が何台も駐まっていた。車の近くにはカラフルなパラソルが何本も立てられていて、その下では人々が座ってくつろいでいる。

いいものは争奪戦だから、先に行っている、と言って井本が駆け出した。

その後ろ姿を見ながら、不思議な気がした。いつもおおらかに笑っていた乙美が、誰かの人生にそれほど大きな影響を与えていたとは意外だった。

黄色い髪の娘は軽快に走っていき、すぐさま朝市の人混みに入っていった。

争奪戦、とはうまく言ったもので、朝市に足を踏み入れると、果物や野菜の売場では多くの人々が品物に群がっていた。

あたりを見回し、平日の早朝からこんなに大勢の人間が集まっていることに驚いた。生鮮食品のほかにも、みたらし団子や手作りパン、ソーセージといった品をワゴン車で売る店も多く、こちらは買ったものをパラソルの下に設けた簡易テーブルで食べられるようになっていた。

井本が話していた『パトカープラス信号』の言葉を思い出し、各店をのぞいてみる。

トマトの赤、ほうれん草の緑、梨の黄色、と見たあとに、白と黒の食べ物を探すと、魚介類を置いている店が目に入った。黒はひじきかサザエか、と近寄って品を見ているうちに生シラスが目に入った。

釜揚げのシラスはこのあたりならどこの店にもあるが、生シラスは傷みが早いのであまり見かけることはない。

この生のシラスにしょうゆとおろしショウガをかけて炊きたての飯にのせるのは大好物で、旬になると乙美はたびたび食卓にのせてくれた。あれはいつもここで買ってきてくれたのかと思いながら、魚のケースに近づいた。

百合子の夫の浩之が結婚の挨拶に来たのもたしか今の時期で、あのときも乙美は酒のつまみに生シラスを出していた。それをたいそう珍しがって何度もうまいと言っていた婿の顔を思い出す。

　不意に、浩之と会って話がしたくなり、生シラスのケースをのぞきこんだ。

「熱田さん、シラス食べたい？」

　顔を上げると、リュックサックに大根とネギを入れた井本が隣にいた。

「いや、いい」

「じゃあ、ジュースを買って、川原で朝ご飯食べない？　百合っちには帰ったらおいしい卵雑炊作るから」

　そう言って井本は一台のワゴン車に近づいていった。それはジューサーをいくつも並べたジューススタンドで、機械の周りには旬の果実や野菜が飾られていた。世のなかには本当にいろいろな店があるものだと感心して、甘い香りがする車内をのぞいてみる。

　にんじんジュースの赤、青汁の青、パイナップルの黄色、豆乳の白、さすがに黒いジュースはないな、と思っていると、目の前に赤黒いジュースが差し出された。

「熱田さん、味見してみる？　これ、今日のスペシャルだって」

「なんだ、この黒っぽいのは」

「搾りたてのブドウジュース」

　赤、青、黄色、白に黒――ジュースの紙コップを受け取りながら、その色を見る。気が付かなかったが、世間はずいぶん色にあふれているものだ。

これが、乙美が見ていた景色、乙美が愛した場所か。

もっと早く一緒に来て、もっと一緒に楽しめばよかった。

かみしめるようにしてジュースを飲む。

目の奥がしみるように痛い。それと同時に百合子と浩之のことを思った。

互いに少しでもまだ愛情が残っているのなら、簡単にその絆《きずな》を断ってはいけない。

当事者には見えなくとも、誰かが冷静な目で見たら、より良い道があるかもしれない。

川べりに座ると、水曜日にしか売っていないという酵母食パンと手作りハムを出し、井本が即席のハムサンドを作ってくれた。

それをほおばりながら、思う。

差し出がましいことをするつもりはない。

しかしめったに弱音を吐かない百合子が、初めて泣き言を言った。

「イモさん」

「イモでいいってば」

「イモ、やっぱり……生シラスを買いたいんだが」

「あぁ、あれおいしいよねえ」

「それを人に届けてやりたいんだが、どうやって持っていけばいいのか」

まかせて、と井本が立ち上がった。

「買ってくるよ、で、相談してみる。ところで熱田さん、みたらし団子と大判焼きとクレープ食べない？」

「おいおい、そんなに食うのかね」

あきれて井本を見た。食うよ、と元気よく立ち上がると、井本が笑った。

「甘いものは別腹、別腹」

そう言って腹を二、三度たたくと、井本は朝市に戻っていった。その口調と仕草が乙美にあまりに似ていて、後ろ姿を見送る。

師匠と弟子は似るというが、この分だと井本が乙美のように太るのも時間の問題だと思った。


朝市から帰ると百合子はまだ眠っていた。

台所にいる井本に、知人のところに行ってくると伝えて、最寄りの駅までバスに乗る。午前九時過ぎには名古屋に着き、東京行きの新幹線に乗り込んだ。

シラスを入れた大きなクーラーボックスを持って、通路を歩くのは難しかった。それでも座席の前になんとか荷物を置いて、シートに腰をかけると大きく息を吐いて目を閉じた。

いらぬことは言うまい。

決して怒鳴ってはならない。

自分はたまたま東京では手に入らないであろう生シラスを見つけたから、それを婿に届けに行くだけだ。

ただ、それだけ。ついでに少し百合子のことを聞いてみるだけだ。

浩之の職場である進学塾の本部がある街の地図を何度も確認し、電車の乗り換え方を調べると、眠くなってきた。

少しだけ寝るつもりが、目覚めたら東京駅に着いていた。

さっそく新幹線のホームから山手線のホームに向かう。そこから浩之の職場に電話をかけようとした。しかし手が途中で止まった。

勢いだけで来てしまったが、いきなり職場に来られては浩之も困るような気がした。

何を今さら、と思いながら、ホームのベンチに腰掛ける。しかし一度そう思ってしまうと、今度はクーラーボックスや自分の身なりがやけに田舎じみて見える。こんな冴えない親が現れたら、百合子の足をかえって引っ張ってしまう気がした。

雨が降り出してきた。駅の売店で傘を買い、再びベンチに戻る。

電車から大勢の乗客が降りてきて、若い男が足下のクーラーボックスに軽くつまずいた。あわてて膝の上に置こうとボックスを手にしたが持ち上げられず、荷物ごと前に転んだ。

何をやってんだ、と、言葉が口をついて出た。

それを機に立ち上がる。服についたほこりを払いながら、ここまで来たのだから、職場の近くに行ってみようと思った。昼飯時だし、そこから浩之を電話で呼び出して食事をすればいい。無理なようなら受付にシラスだけ置いていこう。

忙しくても昼飯は食うだろうから、とつぶやいて山手線に乗る。昼飯を一緒に食うのなら、迷惑はかけないはずだ。

そうやって何度も自分に言い聞かせて今度は地下鉄に乗り換え、目指していた駅に着いた。傘をさして歩いていくと、本部事務所のビルの前に浩之の車が駐まっている。何気なく車内に目をやって、足を止めた。

後部座席には、オレンジ色のチャイルドシートが据え付けられていた。

他人の車かと思ってナンバープレートを見て、大きく息を吐く。

プレートの数字は『１２１３』、百合子の誕生日の数字が並んだそれは、まぎれもなく浩之の車だった。

この車を買ったときに浩之がその数字でナンバー登録をしたことを、百合子が照れくさそうに乙美に話していたのをよく覚えている。

その場にいたたまれず、向かいにある小さな公園に足を踏み入れた。入れ違いに公園から小さな男の子の手を引いた小太りの女が出てきて、浩之の職場があるビルに向かっていった。

肩のあたりで渦巻く巻き毛とふわふわと揺れるワンピースのようなブラウス。すれ違いざまに甘い匂いが鼻をうち、思わず振り返る。

東京の女は子持ちでもずいぶんと派手だ。

立っているのに疲れて、電車で見ていた地図を尻に当ててベンチに座った。すると向かいのビルから浩之が出てきてあたりを見回した。

手を上げかけ、すぐにやめる。先ほどすれ違った女が子どもの手を引いて浩之に向かっていた。

「パパ、パパ、こっち」

突き抜けるような明るい声だった。

「お弁当を持ってきたの」

それから女が男の子の背を押した。

「ほらほら、カイト、パパに渡して」

子どもが手に持っていた赤い小花模様の包みを差し出した。

腰をかがめて浩之が受け取り、礼を言った。そして小さな手を握った。

幼い子どもが放つ、独特の甘い雰囲気を思い出し、浩之の姿を見つめる。

目頭が熱くなってきて指で押さえた。その指を離し、また浩之たちを眺める。

小太りではなく、あの華やかな女は妊婦だったのだ。

なんと艶《あで》やかな妊婦なのだろう。

女に傘をさしかける浩之を見て、実は男前だったのだとぼんやりと考えた。何よりも浩之の身のこなしには、働き盛りの男の自信と円熟味のようなものがあふれている。

美しい光景だった。スーツ姿の夫、妊娠中の艶やかな妻、その二人に寄り添う少年、そして銀色の高級車。

女が浩之の耳に何かをささやいた。それに応えて、かすかに浩之の口元に笑みが浮かんだ。

それを見たとき、百合子の居場所はないと悟った。

彼は新しい人生を選んだのだ。

ため息まじりに立ち上がり、シラスが入ったクーラーボックスを肩にかける。やけに肩に食い込み、思わず小さな声が出た。

浩之が顔を上げ、こちらを見た気がした。傘を深くさし、足早に歩き出す。

お義父《とう》さん、と呼ばれた気がした。

立ち止まりたくない。立ち止まったら、きっと——。

足を止めて、話すべきことはある。

でも何も言いたくない。

赤子のころの百合子の小さな手の感触を今でもよく覚えている。胸の奥がしびれるような、あの甘い感触を。浩之があの手のぬくもりを欲し、これから得ようとしているのなら、それをどうして責められようか。

たとえその母親が百合子でなかったとしても。

触れられるものなら、自分だって百合子が産んだ子の手に触れてみたかったのだ。

雨脚が強くなった。たどりついた地下鉄の入り口には水がたまっていた。構わずに突っきると、冷たい水が靴に流れ込んだ。

うめくような思いで地下鉄に乗り込み、ドアにもたれた。

どこで、何を掛け違えたのか。

窓の外を見る。目の前にはクーラーボックスを肩にかけた老人が映っているだけだった。


新幹線が熱海を過ぎると雨雲が切れた。最寄り駅に着いてバスに乗り込むと、窓いっぱいに秋空が広がっていた。

自宅近くの川の手前でバスを降り、橋のたもとに向かった。何気なく川下に目をやると、二階の窓にもたれて百合子が川を眺めているのが見えた。

鼻につんと、何かがこみあげてきた。

あの家を建てたとき、百合子を抱いた万里子もよくそうしていた。

色あせた屋根の下で、あのときの赤子が母親そっくりの姿で川を見つめている。

欄干に手を置き、我が家を見た。

万里子が川を眺めていたあの部屋は、やがて百合子のものになった。そして東京の大学へ入学を決めると、ボストンバッグを提げて百合子はあの部屋を出ていった。華奢な身体にそのバッグは大きすぎて、だけどなかには前途洋々な未来が詰まっていた。

あれから二十年がたち、再びカバンを提げて娘が帰ってきた。そして一人でぽつんとあの部屋に座っている。

お払い箱になった古い人形のように。

家に帰り、台所にいる井本にシラスのクーラーボックスを渡すと、今日は天ぷらだと言って、井本が笑った。

「熱田さんを待ってたんだよ。揚げたてのアツアツを出したくて」

あれ？　と井本がクーラーボックスを開けて、首をかしげた。

「シラス、あげなかったの？」

「留守だった」

それだけ言って、冷蔵庫から麦茶を出す。久しぶりに聞く揚げ物の音がなつかしくて、そのまま食卓に座る。

階段を下りてくる足音がして、百合子が台所に入ってきた。体調が落ち着いてきたので、東京に一度戻ろうかと思っていると小声で言った。

義母を心配しているらしい。

東京に帰すわけにはいかないと思った。

病み上がりの娘にあの現実を突きつけたくない。もっと体調が落ち着いて、すべてを受け入れられるようになるまでは。

何よりも浩之自身、百合子の助力などもう望んでいないだろう。新しい生活が始まっているのだ。

四十九日の大宴会という言葉が浮かんだ。

死者の魂は四十九日の間はこの世にあり、その法要が終わるとあの世に旅立つという。乙美も、自分も、百合子も、これからは一人でやっていく。

かけがえのない伴侶から離れて。

百合子、と言ったら、うめくような響きがした。

「お義母さんを心配する気持ちはわかるが、もうそれは遠藤の家の人にまかせておけ」

百合子がうつむいた。

「お前は新しい人生のことを考えろ」

「新しい人生って……」

「これからのことだ」

天ぷらが揚がる軽やかな音が響いていた。決まり悪げに井本がエビ天をバットにとっている。

井本が火を切ろうとした。

「いいんだ、イモ。そのままで聞いてくれ」

「ウィッス」

「あんたの知り合いに、力仕事を頼めるような若いのはいないかね」

「私、アタシ、ミー」

菜箸で井本が自分を指さした。

「力仕事はマジで得意っすよ」

あんたも頼りにしとるが、とつぶやいて天井を見上げる。

屋根を塗り替えよう。

百合子の居場所を作ろう。

そして乙美のために盛大な宴会をぶちあげよう。

すべての憂さを忘れるほどの大宴会を。

「できたら男手も欲しいんだ。客を迎えるには、屋根やら壁やら直さんとな」

「ねえねえ、じゃあやるの？　大宴会、大パーチー」

井本が素っ頓狂《すっとんきょう》な声を上げ、身を乗り出した。

「あぁやる、やるさ盛大に」

言ってはみたものの、ため息が出た。

「何をどう盛大にするのかわからんが、とにかくやってみよう」

「ＯＫ。男手ね、まかせて」

「宴会って……何？」

油がはぜる音のなかで、これ以上ないほどにうつむいて、百合子が聞いた。

「あとで説明する、とにかく飯を食ってから考えようや」

やぶれかぶれな気持ちで言って、壁にかかったカレンダーを見る。

法要の予定日までは、もう一ヶ月を切っていた。

第4章

つま先が寒くて足をすりあわせた瞬間、百合子は目が覚めた。

顔を上げるとカーテンの隙間から朝日が差しこんでいる。

手を伸ばして、枕元に置いた小さな袋に触れた。袋を軽く振ると中身がするりと転げ落ちた。拾って目の前に持ってくる。

すべすべとした感触のそれは、昨日仏壇の引き出しで見つけた古いお守りだった。白くて平たい石で、ほんの少し黒ずんでいる。

石を握って目を閉じた。

幼いころは毎夜これを握って眠っていた。触っていると石が温まり、そのぬくもりを感じた瞬間、いつも溶けるように眠りに落ちていた。

産みの母、万里子が大事にしていたものだという。二歳のときに亡くなったので記憶はほとんどないが、伯母の珠子がこの小袋を首にかけてくれ、泣いていたことは覚えている。

いつからだろう。

うっすらと目を開ける。

この石を握らなくなったのは。

本や映画、友人や恋人。誰かの心や身体に触れることを覚えたあたりから、この石に触らなくなった。そして仏壇の引き出しに入れてずっと忘れていた。

いつの間にか友人たちとは疎遠になっていた。

恋人は夫になり、今は誰よりも遠い。

涙で石がかすんで見えた。そっと目を閉じる。

もう一度、眠りたい。

とろけるように、子どものように眠りたい。

その瞬間、やべえ、と男の声が頭上でした。

「うわ、やべえ、やべえ」と声がしたあと、鈍い音がして、父の怒鳴り声がした。

「ハル、大丈夫か？　今、すごい音がしたぞ」

「熱田さん、どいて、どいて」

井本が叫んでいる。そして二階のこの部屋の窓が揺れた。

ゆっくりと起き上がってカーテンを開ける。そして声を上げかけた。

窓に若い男がもたれていた。屋根に膝をつき、苦悶《くもん》の表情で腰を押さえている。

目が合った。顔をしかめながら青年が軽く手を上げた。

ハヨウッス、と言って、井本がハシゴを使って屋根に登ってきた。

「いい天気っすね。具合、どうっすか」

「やべえよ」

「ハルちゃんに聞いてないって」

快活に笑って井本がゴミ取り用のトングを青年に渡した。どうやら二人は雨どいの掃除をしようとしているらしい。

青年がこちらを見て微笑み、腰をさすりながら移動していった。

その笑みを見たら、無性に腹が立ってきた。

二日前もこうして眠りかけたら、この青年に起こされた。

大きなクラクションの音が気になってカーテンを開けると、外は霧雨が降っていた。窓を開けると、川沿いの道を黄色い車がゆっくりと走ってくるのが見えた。

その後ろには車が数珠つなぎになっている。

けたたましいクラクションは、後続の車が鳴らしているようだ。

騒がしかったが、なつかしい思いでその黄色い車を見た。カブトムシのようなそれは、フォルクスワーゲンのビートルで、その昔、乙母が知人から譲り受けて父と乗っていたのと同じ型だった。

父が腰を痛めてからは小回りのきく軽自動車に乗っていたが、それも昨年には手放し、家には今、車がない。

川を下るように、ゆっくりと車が近づいてくる。暗い雨のなかで鮮やかな黄色がまぶしく、まるで水のなかを泳いでいるようだった。

カーテンを閉めようとしたとき、その車が家の前に停まった。

急ブレーキの音がして、後続車がまたクラクションを鳴らした。

ビートルから人が出てきた。若い男だった。

周囲の音に動じることもなく青年は車にもたれ、両方の手のひらを何度か裏返して見ている。

そして静かにこちらを見上げた。

目が合った。青年が微笑んだ。

「ユリコ！」

あわててカーテンを閉める。まったく知らない男だった。

玄関前に父が出た気配がした。

「うわお、オトウサン」

誰だ、あんたは、と父が言い返している。

カーディガンを羽織って玄関に向かう。モップを槍のように持った父が振り返った。

「百合子、お前の知り合いか？」

黙って首を振る。

やべえ、と青年はつぶやいて、あたりを見回した。

「イモちゃん、イモちゃんは？」

「イモ？　イモなら今日はまだだが」

そのとき、熱田さーんと声がして、リュックを背負った井本が走ってきた。

「どうしたの、何があったの？　なんなの、この大渋滞。橋の向こうまでずっと車が続いてるよ」

井本が青年を見た。

「誰？」

こっちが聞きたいぞ、と父が声を上げた。

「あんたの知り合いみたいだ」

知り合い？　とつぶやいて青年の前に出ると、井本がその顔を見上げた。

うわあ、と声がした。

「また、ずいぶん大きくなったねえ。ちょっとわからなかったよ」

青年が力こぶを作る仕草をすると、二の腕をたたいた。

「ちょっと見ないうちにビックリだ」

「どちらさんだ」

「宴会の助っ人。ほら、昨日熱田さんに頼まれてたじゃん」

どこの人だ、と父が聞いた。

「えっ？　ええっと……ブラジル……」

ブラジル？　と父が青年の顔を見た。

「それは国の名だろう」

「そうだよ。名前は……ええっと、カルロス……カルロス……」

「カルロス？」

やべえ、と青年がつぶやいた。

「そう、カルロス・矢部くん」

おい、と父がうなった。

「ものすごく嘘くさいぞ」

「だってそういうあだ名なんだもん、本当の名前はなんだっけ」

「ネエヨ」

ないってどういうことだ、と父が声を上げた。すると負けないぐらいに大声で、車をなんとかしろ、と後続のドライバーが叫んだ。

とにかく車を出せと父が青年に言った。この先の川原に車を駐められるスペースがあるので、そこに置いてから話をしようと言う。

青年が困惑し、井本が場所を案内してくれと父に言った。

霧雨のなか、後続車に何度も頭を下げながら、父がビートルのドアに手をかけた。そして青年を見た。

「あんた、これ、ひょっとして……うちのあれかね？」

青年がうれしそうに何度もうなずいた。

父が助手席に乗り込んだ。そしてビートルは後続車両を引き連れ、ゆるゆると道を下っていった。

あとから聞いた話では、彼の呼び名はカルロス・矢部。このあたりに数多くある自動車の関連工場で働いていた日系ブラジル人で、本当の名前は長くて発音しにくいので、そう呼ばれているらしい。

乙母は一時期、そうした工場の社員食堂でパートをしていたことがあり、そこで働いていた人々と交流があったらしい。その縁でこの家のビートルはブラジルの人に譲られ、今は彼が持ち主になっていた。宴会の当日までは手伝えないが、しばらく力仕事をしてくれるという。

見知らぬ青年を家に入れるのは不安だった。しかし父は彼をすぐに信用した。古い車を大切にしている男に悪い奴はいないと言う。しかもいつの間にかハルミという愛称をつけて、ずいぶんと仲良くやっている。

なんていい加減なんだろう。

腹立たしい思いで布団を畳む。それからブラシで髪を梳《す》いて、黒いゴムで縛った。

もう少し眠っていたい。しかし病院で薬をもらって東京に戻ろうと決めた。東京にも居場所はないが、ここ数日の父は井本やハルミといった若者に囲まれて妙に明るく、いたたまれない。

東京のどこか、安くて静かに過ごせる場所を探して――。

それから――。

その先が考えつかないが、身支度を整えて部屋を出た。

廊下に出ると、窓の外に青年がいた。こちらに背を向けて黙々と手を動かしている。

少しふらつきながら階下に下り、電話でタクシーを呼ぶ。家の近くにタクシー会社があるおかげで、五分もたたずに車が来た。病院に行って薬をもらってくる、と庭にいる父に声をかけて乗り込んだ。

道に出てきた父が何かを言いかけた。タクシーのドアを押さえて父を見上げる。

何も言わずに父は背を向け、戻っていった。


土曜日の病院は混んでいた。風邪はほぼ治っているようだが、寒気がすると言うと、漢方薬を処方してくれた。

その処方箋を手にして外に出たら、玄関の植え込みにビートルの青年が座っていた。

青年が笑って手を上げた。子犬のような屈託のない笑顔だった。屋根の掃除が終わったので迎えに来たと言う。

結構です、と言うと青年が立ち上がった。その様子に一瞬、気圧《けお》された。座っていると子犬だったが、立ち上がるとかなりの大男だった。見上げるような体格の迫力に押されて、声が小さくなった。

「いいんです、ほかに用事もあるし」

何も言わずに青年が道に出て、車の助手席のドアを開けた。思わず、独りごちた。

「知らない人の車になんて、乗れないわよ」

知ってる、とハルミが言った。

「僕、ハルミ」

それは一昨日、ついたばかりの呼び名のはずだ。

独居老人に健康食品や金融商品を売りつける人間のことを思った。

とにかく結構です、と手を振ると、ハルミが車のサンルーフを指さし、それから口元に手をあてる仕草をした。

「怖くなったら、サンルーフを開けて叫べと」

うなずくと、それから親指と小指を立てて、耳と口にあてて揺らした。

「怖くなったら一一〇番をしろと」

ハルミが笑った。そこまで言われると自意識過剰に思えて、仕方なく車に乗り込んだ。

考えてみれば誰が襲うというのだ、現金もたいして持たず、四捨五入すれば四十になる女を。

後部座席には百円ショップの袋があった。ずいぶん買ったらしく二袋もある。

助手席に座ったら、また寒気が来た。

寒い、と思わずつぶやくと、ハルミが車のヒーターに手を伸ばした。

言い方が偉そうだった気がして、丁寧に礼を言う。

そして隣を見た。座っているとそれほど大きく感じない。

ネエサン、とハルミが言った。

「その、ねえさん、って呼ぶの……やめてくれませんか」

ハルミが首をかしげた。

「年上は、ねえさん」

テレビではそう言っているとハルミが言う。お笑い番組だったらしく、そこでは先輩の女芸人をねえさん、と呼んでいるらしい。

「芸人さんではないですから」

「じゃあ、なんて呼ぶ？　ユリコ？」

そう言われて先日、いきなり名前を呼ばれたことに気が付いた。

「どうしてこの間、私が百合子ってわかったの？」

乙母が写真を見せてくれたのだとハルミが笑った。どうやら日本の着物に興味があるらしく、乙母がさまざまな着物姿の写真を見せたらしい。

「フリソデ、シロムク。きれい。とてもきれいなユリコ」

成人式と結婚式の写真か。

遠い昔の話だ。

バックミラーに手を伸ばして、ねぇさん、とハルミがたどたどしく言った。

「僕、そんなにいない」

「そう」

「車、使えるの。ちょっとだけ。宴会の前に、僕帰る」

そう、と言って隣を向くと、吸い込まれるようにハルミと目が合った。

きれいな奥二重の目だった。

「頭、どうかする」

「頭？」

後部座席に手を伸ばし、ハルミが後ろに身を乗り出した。そして百円ショップの袋から鏡を出すと、バックミラーを見ろと指さした。

言われるままにバックミラーを見る。

ハルミが持っている鏡に頭頂部が映っていた。しばらく髪を染めなかったせいで、白髪が目立っている。

「シロイ……」

大きなお世話と言いかけて、鏡に映っている姿のあまりの侘びしさに黙った。ため息をついて、ハルミが肩に手を伸ばしてきた。

「シッポォ……」

「シッポ？」

どうやら結んだ髪の毛のことを言っているらしい。

「シッポ、やべえ」

「やばい。どうやばいの」

「ゲロやべえ」

「ゲロやべえですって」

じゃんけんのチョキを出して、ハルミが髪のゴムを切る仕草をした。結ぶな、と言っているらしい。それから再び手を伸ばしてきて、頭のてっぺんを小刻みにたたいた。

「ユリコォ……ガッカリだ」

「誰だって年をとるでしょう。二十歳のときの写真を見て、くらべられても困るんです」

ハルミが人差し指を軽く振った。引き込まれるようにしてその目を見つめ返す。どうやら髪を染めて下ろせばなんとかなると言いたいらしい。

怒りがわきあがった。だけど間近で見ると、とてもきれいな目と髪の青年だった。その様子に少し恥ずかしくなる。たしかに今の自分は最低限の身だしなみも整っていない。

楽しそうにハルミが車を走らせた。そして大きな美容院の前に車を駐めると指さした。

「いいです、大きなお世話」

言葉と裏腹に少し弱気になって車を降りる。無視しようと思ったが、とっとと行け、というようにハルミが何度も美容院に向かって指をさし、腕を組んだ。その腕の太さを見たら、なんとなく抗《あらが》えなくなって美容院の前に行った。

ドアに手をかけ、振り返る。

ふっとあごを上げて、ハルミが笑った。そうやって笑うと大人の男のようだった。


美容院はとてもすいていて、カットもカラーリングもそれほど待たされなかった。

それなのにずいぶんと長い時間がたった気がした。

会計のためにレジへと歩いていったら、雑誌類を飾ったラックの前を通った。そこにあった何冊かの女性週刊誌の表紙に「不倫、略奪愛」という文字を見たら、足が止まった。

寒気が、足から背中に這いのぼってくる。

店のスタッフが不審そうな顔をした。あわてて歩き出すと、さっきかかってきた電話の声が耳によみがえった。

髪にカラーリングの薬剤をつけて待っている間に、受付に預けていたバッグのなかで携帯電話が鳴った。一度目は放っておいたが、またすぐに鳴った。あまりに大きな音だったので、スタッフに頼んでバッグを持ってきてもらった。

夫の浩之からだった。

席を立ち、店の外で夫の電話に出た。

低い声で夫の浩之が元気かと言った。

なんとか、とつぶやいた。

これまでにも電話をしたんだけど、と言ったきり、浩之は黙った。

沈黙は長く、互いに言葉を探している気がした。

何か？　と聞いた。

何というほどでもないが、と夫が口を開いた。

四日前に東京で父を見かけたという。

気のせいでしょう、と答えた。ここ数日父は家にいて、遠出をしていた気配はない。

「ずっと一緒にご飯も食べているし、そんな話は聞いていないよ」

たしかに父だった、と夫が言った。雨の中、クーラーボックスを抱えた父が会社の前に立っていたという。

「追いかけようとしたんだが……」

夫が言葉をにごした。亜由美の心が舞い上がって不安定なときだったので、うまく対応できなかったという。

お詫びを伝えておいて欲しいと声がした。あらためてそちらにうかがうから、と言っている。いい、と答えた。父と話をしたいのなら、自宅に電話をしたら今は父が出る、と伝えた。とても話せない、と小さな声がした。

「とても、今は……」

「どうして？」

「すべてが終わってしまうようで」

「それでいいじゃないの」

愛人が妊娠し、正妻が離婚届に判を押して家を出た。これ以上、何を望むというのだ。

「望んだことでしょう」

「こんな形を望んだわけじゃない」

「じゃあ何を望んだの？」

「何をって……」

浩之が黙った。

電話を切ろうとして携帯を耳から離すと、百合、と呼ぶ声がした。

答えずに電話を切った。

父が東京に行ったとは思えなかった。眠っている間に出かけている様子はあったが、夕飯前には戻ってきていた。そもそも父自身、遠出をする気力はまだ戻っていない気がする。

会計を終えて美容院を出ると、背中に下ろした髪に風が絡んでなびいた。髪を押さえ、ゴムで束ねようとしてやめた。

黄色いビートルが目の前の空き地に駐まっていた。

近づいてのぞくと、運転席を倒してハルミが眠っていた。大きな身体を丸め、素直な表情で目を閉じている。

窓をたたくと、ハルミが薄目を開けた。

そして幸せそうに笑った。

助手席に乗り込むと、ハルミがこちらを見て再び微笑んだ。髪の仕上がりが気に入ったようだ。そして車を走らせ始めたが、家とは逆の方向に進んでいる。

「帰らないの？」

「オトウサンから」

そう言ってハルミがメモを差し出した。見ると父の字で買い物を頼むと書かれている。続いて風呂場で使う椅子や洗面器、風呂桶の蓋などの生活用品が書きだされていた。

メモをポケットに入れて、窓の外を見た。

澄んだ秋空のもと、車は気持ちよく田園の中を走っていく。刈り入れのときを迎え、田んぼ一面に稲穂が黄金色に輝いて揺れていた。

心地よさにシートに身体をあずけると、バタバタという音が背に響いてきた。後ろにエンジンがあるからだと昔、父が言っていた。

一生懸命に背中を押してくれるみたいで、生き物みたいな車だと乙母は言っていた。窓の開閉も手動でパワーステアリングもないこの車を、父はボロクソワーゲンと呼んではばからなかったが、いつも丁寧に磨いていた。

車は昔と変わらずきれいに磨かれ、ハルミの運転は遅いがやさしい。

車はやがて大型ショッピングモールに入っていった。

店内に入り、カートを押したハルミと並んで歩くと、すれ違いざまに若い女がちらりとハルミを見た。商品を陳列していたアルバイトの女性がまぶしそうにこちらを見て、それから視線をはずした。

周りの女の視線を追い、ハルミを見上げて気が付いた。背が高くがっしりとしているのに、あどけなさを残した顔立ちはどこか寂しげで、その翳《かげ》りはたしかに女の目を惹く。

ハルミに向けられた視線は、無遠慮にこちらにも流れてくる。

どんなふうに見えているのだろう。

隣を歩くハルミを見た。グレーの柔らかそうなパンツに、裾を出してシャツを着ている。服装からはわかりにくいが、たぶん二十歳前後だ。

恋人には若すぎるし、息子というには大人すぎた。

おいくつなの、と聞くと、風呂桶の蓋をつかみながら、ねえさんよりは若いと言った。

「当たり前でしょう、見ればわかるわ」

「見れば、わかる?」

ハルミがちらっと視線をよこした。

ええ、とうなずくと、面白そうに笑った。

「笑わなくてもいいでしょう」

「だって……」

「だって、なに?」

笑いながらハルミがカートをレジに押していった。そのあとを追っていく。

よく微笑む青年だが、一人で異国にいるせいか孤独そうな後ろ姿だった。しかしその雰囲気に白いシャツがよく似合っている。ところが雨どいの掃除でほこりをかぶったのか、どこか色がくすんで見えた。

勘定を終えてレジを抜けると、携帯を見ていたハルミが振り向いて言った。

「ねえさん……服買ッテ」

力仕事に汚れやすい服を着てきたのは彼の落ち度だ。しかし黙々と雨どいの掃除をしていた姿を思い出したら、少し申し訳ない気分になって衣料品売場に行った。するとハルミは熱心に品物を見始め、シャツを一枚こちらに放った。

女ものの白いシャツだった。

「レディースよ」

ハルミがうなずき、鏡を指さした。

「私の？　こういうのは着ないのよ」

そう言いながらもあまりに熱心なので鏡を見る。

顔が明るく見えた。

ハルミがカゴを指さしている。

安かったので黙ってカゴに入れた。

鼻唄まじりにハルミが売場を移動していく。それから今度はデニムをいろいろ見ると、一枚を持ってきた。

「私の？　はきませんよ。こんな固いもの」

ハルミがペンキを塗る仕草をした。

「作業着に買えと」

うなずいた。

「じゃあこのシャツは？」

「おそろい」

「おそろい?」

うれしそうに笑って、ハルミが着ている白いシャツを引っ張った。

「なんであなたとペアルック」

一瞬、ハルミが寂しそうな顔をした。

「まあ、いいですけど」

試着をすると裾が少し長かった。裾を切ってもらう手続きをしていると、パンツを一本、手にしたハルミが試着室に入っていった。

すぐに出てきて、どうだ、という顔をした。うなずきながら、この人はパンツの裾をまったく切らなくてもいいのだと感心した。

「オトウサン」

試着室から出てくると、ハルミが自分が試着したものをカゴに入れた。

「父の?」

ハルミがうなずいた。

「サイズが合うかしら」

「同じヨ」

そう言ってハルミがはいているパンツを引っ張った。どうやら父のものを借りているらしい。

「うちの父って、そんなに足が長かったっけ？」

小さく肩をすくめ、ハルミが歩き出した。そのあとを追いながら、後ろ姿を見る。

たしかに父はハルミとも肩を並べていて、あの年代にしては大柄だった。

乙母はそんな父に一目惚れをしたという。

考えたこともないが――若いころの父はこんな姿だったのだろうか。

まさか、と軽く笑った。そもそも顔の大きさが違う。

ハルミがTシャツの売場に入った。それからシマシマ、とつぶやくと紺地に白のボーダーのTシャツを一枚持ってきた。

「安いヨ」

見るとサイズ違いのボーダーのTシャツが安くなっていた。三枚買うと、四枚目は半額となっている。

「そんなにいりません、横ジマばっかり」

ハルミがふっと札を見た。

「ひょっとして……自分の分も欲しい、とか」

かすかにハルミが笑った。その表情を見たら、勝手に声が出た。

「じゃあ、いい、買うわ。サイズを選んで」

自分の身体にシャツを合わせて、同じものを二枚、それからタグを見て、もう一枚をハルミがカゴに入れた。

ショッピングモールから帰ると夕方近くなっていた。

買ったものを広げていると、父がＴシャツを手にした。

「お前、なんでこんなにシマシマばっかり、ヨコシマな」

笑うべき？　と言って井本がこちらを見た。

黙って首を横に振り、父と井本にボーダーのＴシャツを渡した。

一瞬きょとんとしたが、井本がうれしそうに服をかざした。

「うわあ、私の分も？　ありがと、百合っち」

「なんでお前たちとペアルック」

「私もそう言った。まったく同じことを」

イヤカ、とハルミが言った。

「年を考えろ、年を。いい年こいて俺がこんなシマシマを。これ、イモ。お前はこんなところで着替えようとするな、あっちで着替えてこい」

買ってきたものを片づけると、少し疲れてきた。

ゆっくりと二階に上がり、ふすまを開けた。

驚いて立ち止まった。

寒々としていた部屋が別の空間のように明るくなっている。

純白のレースのカーテンが窓に揺れていた。畳には若草色の絨毯《じゅうたん》が敷いてある。隅に置かれていた健康器具などはなくなり、かわりに小さな鏡台と机が置かれていた。

部屋に入って机の前に立つと、紺と白のボーダーTシャツを着た井本とハルミが階段を上がってきた。

どう、どうよ？　と背伸びしながらハルミの肩に井本が手をまわした。

「もういつ帰ってくるかヒヤヒヤしたよ。びっくりさせたいから、とにかく時間を稼げって、私がハルちゃんにメール送りまくり。ハルちゃん、本当によく頑張ったね」

ありがとう、と言ってうつむくと、私じゃないの、と井本が笑った。

「熱田さんが大活躍よ。ハルちゃんと熱田さんが二人でどっかんどっかん、物を運んで」

机の上には新品のメモ帳や筆記用具などが置いてあった。おそらく今朝、ビートルの後部座席に置かれていた袋の中身に違いない。

あふれるような好意と笑顔に困惑しながら、レースのカーテンに触れた。すると庭にクーラーボックスが干してあるのが目に入った。それは青い大きなボックスで、蓋を開けて物干し竿に立てかけてあった。

浩之の電話を思い出した。

数日前、たしか父は友人に生シラスを届けに行ったと言っていた。

階段を上がってくる足音がして、父が顔をのぞかせた。

いかめしい顔で、絨毯の色がイマイチかと言っている。本当はピンクにするつもりだったらしいが、井本とハルミが止めてくれたらしい。

気に入ってくれたか、とぎこちなく父が笑った。

痩せた身体をきしませるようにして。

その瞬間、雨のなかでクーラーボックスを抱え、夫の会社の前に立っていたという父の姿が心に浮かんだ。

本当は宴会の手伝いなど、どうでもいいのだ。

ただ、父はこの家にいろと言っている。

次の生き方を決めるその日まで。

うつむくと、絨毯の若草色が目にしみた。

この部屋をきれいにしたから、今度は壁と屋根を塗り替えると父が言っている。ハルミがまかせろと言うようにうなずいた。

四十九日の大宴会。

何のことなのかよくわからない。

しかしそれが乙母の最後の希望。そしてそれを皆でかなえようとしているのなら。

この家にいようか。

いたほうがいいだろうか。

いてもいいのだろうか？

顔を上げると、井本とハルミにはさまれ、父が笑っていた。


宴会を手伝おうと決めた翌日の朝、そろそろ当日の計画を立てようと父が言った。そこで昼食をとりながら、乙母の作業部屋で相談をすることにした。

井本と一緒にちらし寿司を作って運んでいくと、昼下がりの作業部屋はあたたかな光に満ちていた。

乙母の机の上にはおそらく生前のままに絵の道具類が置かれていた。机の横には小さな書棚が置かれていて、本やファイル類が詰まっている。

あまり食欲がなかったので、皆に一声断ってすぐに箸を置いてしまった。そしてお茶をいれたあと、何気なく書棚から一冊を手にした。それは海外の絵本だった。

仕事にするほど本と関わりを持つのが好きだったのに、しばらく何も読んでいない。

気が付けば文字を読むのがおっくうになっていた。楽しい話にはついていけず、暗い物語には際限なく落ち込む。ところが手にした異国の絵本は、出てくる猫の絵があまりに可愛らしくて、めくる手が止まらない。

少しだけ心がなごんで元の位置に返すと、机の上の膨大なカード集が目に入った。

「暮らしのレシピ」とある。

いつの間にか父は朝市で買い物をすることを覚え、料理や掃除、洗濯などを自分の手でするようになっていた。その横にはいつも乙母のこのカードがあった。

レシピ集は元は単語カードのように銀色のリングで綴じてあったようだが、今はその留め金をはずしてある。父が作業をするとき常に手元に置いておけるようにしてあるらしい。

一枚を手にしてみる。「元気が出るスープのレシピ」とあった。

タイトルの横でポニーテールの少女が大玉転がしのようにしてジャガイモを転がしていた。その下ではニンニクを背負って軽快に走っている。

どうやら小人の女の子がスープを作ろうとしているらしい。その容姿は幼いころの自分に少し似ていた。

レシピの文章に応じて女の子も巨大な食材相手に奮闘し、最後は脚立に乗って、大鍋をかき回していた。

一生懸命なその表情が可愛くて、しばらく眺めた。

何気なくカードの裏を見ると隅に小さな絵があった。三日月を頭に飾った青年がおいしそうにスープを飲んでいる。その肩にちょこんと少女が座っていた。

どうやらお月様に飲ませてあげたくて、小さな彼女は頑張ったらしい。

かすかに微笑んでいる自分に気が付いた。レシピの挿絵のようでいて、よく見ると小さなストーリーがあちこちに潜んでいるようだ。

面白くてもう一枚、カードを手に取る。すると父がお茶をくれと言った。

「おい、みんな、そろそろ腹が落ち着いてきたなら本題に入ろうや。こら、ハル。おかわりはいいが、上の錦糸卵ばっかり取るな」

「やべえ、やべえのヨ」

「どうした？　何か口に合わんかったか？」

「おいしくて手が止まらんと言ってます、熱田さん」

「それはよかった。しかし便利な言葉だな。まあ、食べながらでもいいから、ぼちぼち考えようや」

そう言って、父が一枚のカードを差し出した。

「四十九日のレシピ」とあった。

書かれていたのは数点の料理のレシピと、しめやかな法要より、みんなで楽しく飲んで歌って大宴会をしてもらえればうれしいという内容の文だった。

他のカードの記述はとても丁寧なのに、その宴会の内容はあまり詳しく書かれていない。

お茶を飲みながら考えこんだ。

大宴会と聞くと、浴衣を着て箱膳で食事をするイメージが浮かんだ。しかしそんな宴会には行ったことがない。あのような場で、参加者は何をしているのだろう。

同じように感じたのか、井本が食事と酒を出しただけでは宴会にならないだろうと言った。

「思うんだけどぉ」

語尾を長く伸ばして、井本が腕組みをした。

「宴会には何か芸がいるんじゃないっすかね？」

「芸って、隠し芸みたいなの？」

そう、と言って井本が真面目な顔をした。

「百合っち、芸、ある？」

「ない。お父さんは」

「法事でやれる芸はない。何かあるか？」

「ムゲイタイショク」

寿司飯をかきこんでいたハルミが首を振る。

無芸大食、と父がうなった。

「難しい言葉を知ってるな、ハル」

「ウドノタイボク……」

「お前、職場でいじめられてたのか？」

図体がでかいとそう言われるよな、と父がため息をついた。そして着ていたボーダーTシャツを引っ張った。

「四人で縞シャツ着て、ヒゲダンスでもするか」

「このメイクにヒゲはきついっすよ」

「僕、イナイ」

「お父さん、真面目に考えて」

父が黙った。

じゃあ、おみやげは？　と井本が父を見た。

「見たら話がはずむようなガツンとしたやつを来た人に配る」

ガツンとしたみやげ、と父がつぶやいた。

「じゃあこれはどうだろうか。中身は見ていないんだが……どうやら乙美は自分史を出版してみたかったらしい」

『自分史』とシールが貼られた紙箱を机の下から出すと、父がそれを開けた。

なかには自費出版の会社の連絡先と数枚の写真、それから原稿用紙が裏返しになって入っていた。

そっと父が原稿用紙を表に返した。

原稿用紙の真んなかに一九三〇年代の年号と「長谷川乙美、神戸に生まれる」と太い字があった。

おお、と声が上がった。

二枚目をめくった。

すると「1973年・乙美三十八歳で熱田良平と結婚」とあった。

「なんだかずいぶん年数が飛んでるな」

そうつぶやきながら父が三枚目をめくった。すると原稿用紙を押さえている左手と、湯呑みの絵が出てきた。

四枚目には何もなかった。

ハルミが残りの原稿用紙をざっと見た。

「マッシロ」

「何をやっとるんじゃ、乙美。しっかり書かんか」

「乙母さん、どうしたのかな」

「出だしに困ったのかも」

そう言われて指のしわまで精緻《せいち》に描きこまれた絵を眺める。

当たっているかもしれない。きっと乙母は書きだしに悩み、気分転換に何気なく目に入った自分の左手を描きだしたら、止まらなくなったに違いない。その斜め下に書かれている湯呑みも、おそらく同じような理由だ。

「あ、でもこの文ってさあ、なんだか『あしあと帳』っぽい」

原稿用紙を手にした井本が言った。

それはなんだ、と父が聞いた。

「乙美先生、リボンハウスの女の子たちが、生活を立て直してハウスを出ていくときに、必ず『あしあと帳』をくれたんです。これぐらいのスクラップブックに……」

これこれ、と言って井本が本箱にあったスクラップブックを持ってきた。

差し出されたそれを開けてみる。

ページをめくると、最初に「須藤美佳さん」と名前が書いてあった。

次のページは「1987年・横浜に生まれる」と書かれて、生まれた日の新聞のコラムのコピーが貼られていた。さらにその日の主なニュースが手で書かれていた。

その次のページは「1988年・美佳ちゃん一歳」で赤ちゃんの絵が描いてあった。

絵の下には「1988年のニュース」とあり、「明石家さんま&大竹しのぶ結婚！」「青函トンネル開通」「光GENJI大人気」と書かれていた。

どうやらこの『あしあと帳』とは一ページを一年に見立て、上には「須藤美佳」の歴史やイラスト、下にはその年の出来事が書かれているらしい。

「これはね、見ると結構、話盛り上がるよ」

井本がページをめくった。

「卒業が決まると先生がこれを持ってきて、上に書くことをその子に聞いてくれるんだけど、みんなでめくって、あぁ、このときはこれが流行ったよねとか、こんな人いたよね、なんて、ものすごく話がはずむ。思い出したくないような年もあるけど、下にあるニュース？　それを見てると何かしら、ひとつかふたつは楽しいことを思い出す。それに自分の小さいころの世のなかの出来事って知らないから、それもなんだか面白くて」

そりゃそうだ、と言って父が『あしあと帳』を手にしてなかを見た。

「ほお、『1989年・美佳ちゃん二歳』平成がスタート、美空ひばり逝去……ひばりが死んだのは平成元年だったのか」

再び「ほお」と息をもらして、父が言った。

「なかなかいいな、これは」

ね、いいよね、と井本が笑った。

「下に描いてある出来事もその子に合わせて選んでくれてたみたい。最後のページにはリボンハウスでの誕生日会とかクリスマスに撮った写真も貼ってくれたよ」

父が『あしあと帳』の後半のページをめくり、ハルミがのぞきこんだ。

たしかにそこには多くの写真があった。

父が一枚の写真を剝がして手に取った。

それは少女と乙母が肉まんを作りながら笑っている写真で、日付は死の三日前だった。

何も書かれていない原稿用紙とスクラップブックを見た。

「乙母さん……人の自分史はたくさん作ったのに、自分の『あしあと帳』は作れなかったのね」

そうか、と父が腕組みをした。

「じゃあ、作ってみるか」

七十一年分……と井本が遠い目をした。

「で、熱田さん、それをどうするの」

「コピーしてみやげに配るか」

「人の『あしあと帳』をもらってもねえ」

『あしあと帳』、自分史、年表。

そう思ったとき、数年前に企画した図書館の展示物を思い出した。

「あのね。じゃあ、その『あしあと帳』を模造紙に書いて、壁にぐるりと貼ってしまうってのはどうかしら？　それぞれの年代の乙母さんの写真をどっさり貼って」

図書館で働いていたとき、子どもたちへの展示企画で石器時代から現代までの年表を模造紙に書いて、壁全体に貼りめぐらせたことがあった。

それは入り口の戸を開けると原始時代が始まり、壁の年表を順につたって、その時代の出来事や、関連本の題名を読んでいくと現代になり、出口に着くというものだった。

その年表のなかにクイズをしこんで賞品を出したのと、部屋を暗めにして懐中電灯で照らして文字を読むというお化け屋敷風の趣向が当たって、子どもたちは喜んでいた。

そのときの様子を思い出すと、笑みが浮かんだ。お化け屋敷は無理としても、大きな展示物を歩きながら見るのは意外に楽しいものだ。

しかもその展示物が誰かの人生の年表で、そこに当時流行した風俗や事件が書かれていたら、見ている側も自分たちの当時を思い返して、それなりに楽しんでもらえるのではないだろうか。

そう説明すると、井本がすぐに賛成した。

「いいかも。みんな好きにウロウロしてくれれば芸もいらないし」

「しかし百合子、貼るには結構な広さがないと難しいぞ」

「仏間と居間と台所の家具をどこかに移して、一続きにしたらどう？　年表は私、前に大きなものを作ったことがあるから大丈夫、要領はわかっている」

腕組みをして父がうなった。乗り気ではないようだった。

しかしほかに案も浮かばず、ハルミは居眠りを始め、井本が賛成したこともあって、結局宴会芸のかわりに、乙母のあしあとを記した年表の展示をすることにその場は決まった。

しかし――。

二階の窓からハルミが帰るのを見送ったあと、夜空を見上げて指を繰る。

あれから十日目の夜が来ていた。しかしいっこうに年表は完成しない。

目の前に広がる模造紙を見た。

この十日間、ハルミに手伝ってもらって、三十六枚の模造紙に年表を書いた。

それは一枚で二年の見当で、上から三分の二に乙母の歴史、下から三分の一にその時代の風俗やトップニュースを書きこんでみた。

ところが乙母の歴史に書く事柄があまりない。

結婚前が少ないのは仕方がないが、この家に来てからの歴史の余白が多いのは寂しすぎる。

そこで乙母の写真を大量に貼ろうと探してみたが、作業部屋を探しても写真はたいして見つからない。

ならばせめて自分と写っているものを貼ろうと思ったが、一緒に暮らしたのは五歳から十八歳までの十三年しかない。そのうえ父が写真嫌いなこともあり、一緒に写っているのは学校の入学式と卒業式のときぐらいしかなかった。

家族写真やビデオというものは、子どもが生まれたときは撮る機会も多いが、成長するとあまり撮影しないものだと思った。ある程度大きくなっていた自分を継子にした乙母に写真が少ないのはそのせいだろうか。

年表の膨大な余白を前にして、目を閉じる。

子どもを産まなかった女の人生は、産んだ人より余白が多いのだろうか。

階段を駆け上がってくる音がした。

「入っていい?」と声がした。

どうぞと言うと、井本がショウガ湯を持って入ってきた。手伝うことがなかったら、そろそろ帰るという。

床に広がる模造紙を井本が見た。

「うわあ、白っ、上が白すぎ、この年表」

「白いよね。何か埋めるものはないかな？」

「乙美先生、いろいろやってたけど、本人にしかわからないからなあ」

そうつぶやき、井本がかがんで模造紙に触れた。

「その年のニュースはこんなにいっぱい書いてあるのにね」

どこからか風が入ってきたような気がして、かすかに身体が震えた。そっとカーディガンの前をかきあわせる。

井本の隣りに膝をつき、年表の余白に触れてみる。ひんやりと冷たかった。

レシピのカードを何枚か貼ってみようか。そう思ったとき、言葉が出た。

「絵手紙を貼ろうか」

それだよ、と井本は笑った。

「それ、いい。よく考えたら、先生の本職？　じゃん。……けど、手紙だから送っちゃってないよ」

「ある。うちに、東京のうちに」

季節の挨拶や父との暮らしの近況報告、そのほか何か楽しいことがあるたびに乙母は東京に絵手紙を送ってくれた。その手紙は全部大事に保管してある。

東京へ取りに行くと言いかけて、ためらった。

階下から父が井本を呼ぶ声がした。

元気よくそれに答えると、自分も心当たりに聞いてみると言って、井本は部屋を出ていった。

ショールを肩にかけ、窓を開けて夜の川を眺めた。

瀬音に混じってすすきの穂が揺れる気配がした。

その気配がなつかしく、ショールに顔を埋める。

夏の間はざわめくような響きをたてたすすきは、秋が深まるにつれしだいに音がかすれ、最後は軽くてうつろな気配だけがいつも道を隔ててやってくる。

形はあるが魂が消えかけた枯れ草の気配を感じると、幼いころは不安でたまらなかった。それがなぜか今では愛おしく、親しみ深い。

それは数週間前に別れた、義母の気配にも似ていることに気が付いた。

考えないようにしていたが、義母の魂は少しずつ薄れかけているのかもしれない。

義姉と義妹からは、義母が自分を恋しがっているというメールがたびたび入ってくる。浩之は離婚届を出しておらず、二人にまだ事情をきちんと伝えていないらしい。

義母はどうしているだろうか。

夫はどうしたいのだろう。

その前に、自分自身はどうしたいのか。

東京に行ったら、今まで見ないようにしてきた事態に直面する。

床に目を落とし、月の光を跳ねかえす紙の白さを見た。

何物にも染まらぬ白は凜として美しいが、その光はあまりに強くて目にしみた。


東京に行って少し荷物を整理し、乙母の絵手紙を取ってくると言うと、父はいい顔をしなかった。離婚に伴う手続きはあらためて人をたててするつもりだが、とりあえずは乙母の絵手紙を取ってきたいのだと言うと、しぶしぶ認めた。そのかわり井本と一緒に行けという。子どもではあるまいし、付き添いなどいらないと思った。しかし東京行きに大喜びする井本を見たら、来なくていいとは言いづらかった。

その翌日、いつものリュックサックを背負った井本と東京に出て、世田谷の家に向かった。

たった数週間留守にしただけなのに、見慣れた道がよそよそしく感じられた。住み慣れた家だったのに、家事代行サービスのスタッフに迎え入れられたら、他人の家のように感じた。

この感覚はたぶん正しいのだ。自分はもう、ここの人間ではないのだから。

ビデオテープに新しい映像が重なって消えるように、自分がここにいたという記憶もしだいに消えていく。

「百合っち、大丈夫？　顔色悪いよ」

玄関のドアから顔だけなかに入れて井本が言った。

大丈夫と答え、井本を見る。

「どうしたのイモちゃん、どうぞなかに入って」

「なんだか緊張する、きれいな家で」

そう言いながらあたりを見回し、井本は靴を脱いだ。

義母は眠っているらしいので、音に気を配って井本と一緒に荷物をまとめた。義母に会いたいとは思ったが、またすぐに去っていくことを考えると、寝ている間に出ていくほうが良いように思えた。

ところが荷物を作り終えて出ていこうとすると、スタッフに呼び止められた。

義母が目覚めたという。

井本に玄関で待ってもらって、義母の部屋に入った。

ここを去る前より義母は小さくなったように見えた。

百合ちゃん、と義母が弱々しく笑った。

「帰って、きてくれたの」

すぐに「違うねえ」と義母が顔を手でおおった。

「あなたは、出ていったんじゃない、私たちが追い出したのよね、ひどいことをして」

追い出す、という言葉の激しさに身体が硬くなった。

「荷物を、取りに来ました」

「いつ取りに来ても、平気よ」

淡々と義母が言った。

「浩之はめったにここに帰ってこないの。あの人が不安がるから」

「亜由美さんは、こちらに住まないんですか？」

「出産したら移ってくるって言っていたけど……」

義母がかすかに笑った。

「私は……そのときにはいないかもしれない」

答えに困って、黙っていると義母が小声で言った。

「浩之には、会っていくの？」

答えられなかった。

「会っていかないの？」

ささやくような声で義母がテーブルの上を指さした。

「もし会うのなら、そのカタログを持っていってくれない？　お願いよ」

言われたものを手に取ると、それは風呂やトイレ、システムキッチンのカタログだった。

「あのう……これは」

「浩之がリフォームを考えているみたいで……最近営業の人がうちに預けていくの」

黙ってカタログを元の場所に戻した。

浩之と亜由美の新生活の準備のカタログを、どうして自分が持っていかなければならないのだろう。

「申し訳ないのですが、特に会うつもりは……」

「じゃあ、それ、どうか私が見えないところに置いて……それから」

義母が目を閉じ、苦しそうに咳き込んだ。

近寄ると大丈夫だと手を振って、鎌倉彫のタンスの上段を指さした。

「……あの扉を開けてみて」

扉を開けるとなかに小さな金庫が入っていた。義母の指示どおりにそれを開け、言われるままに赤いビロードの小箱を枕元に運んだ。

「これですか？」

電動ベッドのスイッチを押して、義母が上半身を起こした。そして箱を受け取ると、ゆっくりと蓋を開けた。

ルビーの帯留めが入っていた。

義母が浩之の祖母から譲られたものだという。

「ブローチにもなるの」

義母が呟き込んだ。

「いい石よ。これはあなたが持っていって」

黙って首を振ると、義母が手に帯留めを押しつけてきた。

「……これが一番価値あるものだから」

「困ります」

「あなたには何もあげていない」

「いいんです」

「いいの、気に入らなかったら売って。むしろ売って欲しい……売ってちょうだい」

義母が帯留めを押しつけた手を離した。落ちかけたそれを受けとめた。

「浩之さんの家で受け継いできたものだったら……」

新しい奥さんに、と言おうとして言葉に詰まった。

「……お孫さんに」

かすかに微笑んで、義母が首を横に振った。そして手を伸ばすと、そっとこちらの右手に触れた。

黙って触れられた手を握った。

浩之と亜由美とのことがわかったとき、義母は息子を非難も擁護もしなかった。この家を出ると伝えたときも一言も止めず、ただ申し訳ないとあやまるばかりだった。

家族と言いながらも妻や嫁はやはり他人で、誰もがあっさりとその交代を受け入れるのだと感じていた。

ゆっくりと涙が義母の痩せた頬をつたっていき、持っていって、と唇が動いた。

「これはあなたのもの……」

本当は言いたいことがいっぱいあったのかもしれない。

今、この瞬間でさえも。

暗紅色の石が光を受け、片方の手の上で鮮血のように輝いた。その輝きに価値の高さがしのばれ、そっと箱に戻した。

「お気持ちはうれしいけど、また今度で」

「今度っていつ？　年寄りにまたとか今度はないのよ」

「高価なものでしょうから……」

「あなたの石なの」

義母が箱を強く押しつけた。

「どうしてもこの家に残したいというのなら、いつかあなたから浩之に渡してやって。でも本当に好きにしていいの」

ささやいているのに強いその口調に、押し返すのをためらった。

テーブルの上のリフォーム用のカタログを見る。ひとまず受け取っておいて、カタログと一緒に浩之に渡すのがいいのかもしれない。

礼を言って受け取ると、義母が微笑んだ。

そして春になったらこの家を出て、浩之の妹一家と一緒に暮らすつもりだと言った。

「もうお話はされたんですか」

「浩之にはね。美保にはまだ言っていないけれど」

新しい家族を迎えるため、何もかもすべてが猛スピードで変わっていくようだ。ただ、浩之の妹は母の願いに何と答えるだろう。

薬の時間だと家事代行サービスのスタッフが遠慮がちに入ってきた。

それを機に義母の部屋を出た。

玄関に向かいながら、預かったカタログと帯留めの箱を見る。

夫に会う気はなかったのに、こうして会う理由ができると心がざわめいた。


世田谷の家を出てから浩之に電話をすると、こちらから連絡をしたことをとても喜んでいた。

そしてなんとか時間を作るから会って欲しいと言い、すぐに夕方に会う約束を取り決めた。

夕方まで時間が少しあったので、井本と渋谷に出かけた。そのあと浩之の会社に向かうと、井本は建物の前にある公園で待っていると言った。

ところが浩之はまだ打ち合わせ中だった。社内で待つようにすすめられたが、あらためて来ると告げて公園に行った。

井本はぽつりとベンチに座っていた。

東京に着いた当初ははしゃいでいたが、井本はしだいにおとなしくなっていった。渋谷に行っても肌を焼いて個性的なメイクをした少女たちはおらず、ただ好奇の目だけが井本に集まってくる。その手の視線には慣れているけど、東京は人が多すぎて疲れるとしょげていた。

ベンチに近づくと、井本が顔を上げて微笑んだ。

「用事はすんだの？」

「打ち合わせが長引いているみたい。ごめんね、もうちょっと待っていてくれる？」

そう言って井本の隣に座ると、幼い少女と母親が目の前を横切っていった。公園で遊んでいたらしく、少女は小さなプラスチックのバケツとスコップを持っている。

手をつないで二人はゆっくりと歩いていった。その姿に見とれた。

夢のようにやさしい風景だった。

ぶしつけな視線を送ってしまった気がして顔を上げると、ビルの垂れ幕が目に入った。それは浩之の進学塾の生徒募集の告知で、夢はかない、努力は報われるといった内容のキャッチコピーが書かれている。

その文字を見つめた。

元は小さな学習塾から始まった浩之の会社は、今では幼児教育や海外留学の斡旋《あっせん》にまで業務を広げ、拡大化していた。少子化といっても教育費を惜しまない家庭は必ずあり、そうした層の期待に確実に応えて実績をあげてきている。

井本が服の袖を引っ張った。

「どうしたの？　百合っち」

ずっと垂れ幕を見上げていたことに気が付いた。井本が心配そうな顔をしている。

「別に、何も……大丈夫」

「何か面白いものでもある？」

井本が顔を上げた。

「いや、垂れ幕を……見てただけ」

垂れ幕？　と井本がつぶやいた。

「ああ、あれ。夢はかなう！　気合い入ってるね」

「夢はかない、努力は報われるものだとしたら……夢がかなわなかった人は努力が足りなかったのかな」

そんなわけないじゃん、と井本が笑った。

「そんなの言い出したら、オリンピックなんて参加者が全員金メダルだ。みんな同じことを夢見て来てる。努力してない人なんていないし」

「一番努力をした人が勝つってことじゃないの？」

ああヤダヤダ、と井本が肩をすくめた。

「そういう口当たりのいいことを言う人がいるから、真面目な人は病んじゃうんだよ。うまくいかなかったときに自分のことを責めちゃってさ。本当のことを書いて欲しいよ」

「本当のことって？」

「夢はかなわぬこともある。努力は報われぬこともある。正義は勝つとは限らない。だけどやってみなけりゃわからない。さあ、頑張ろう」

「やる気が薄れるわ……」

井本が笑った。

「そんな垂れ幕ダメっすかね」

「とりあえず、子どもにはあのままでいいかも」

そうっすね、と井本がうなずいた。

「大人の秘密にしておこう。アメ、食べる？」

そう言って井本がポケットからアメを出した。

ハッカのアメだった。

どこかなつかしい味がした。そう思いながら噛んだら、名前を呼ばれた気がした。

百合、と上のほうから声がする。

顔を上げると垂れ幕の横から浩之が顔を出していた。こちらが気付いたのがわかると、窓から手を振った。

今度は何？　と井本が再び見上げた。

「夫……」

百合、と再び浩之が大きな声を上げた。

「待って。すぐ降りるから。そこで待ってて」

ああ、あれ、と井本が何度もうなずいた。

「切れない男。切らないけど、蹴り上げとく？」

「いや、大丈夫」

残念、と笑いながら井本が立ち上がった。

「じゃあ、私はあっちにいるね。蹴り飛ばすときは呼んで」

そう言って井本が歩いていき、隅のブランコに座った。

浩之が建物から出てきて、公園に駆けてきた。

「ごめん、待たせて」

そう言って浩之が息を切らせた。その顔を見る。

ずいぶんとやつれていた。

息を整えながら、浩之が隣に座った。そして胸を押さえるとうつむいた。

「具合が悪いの？」

大丈夫、と言いながら顔を上げると、浩之の視線が顔のあたりで揺れた。

「髪……下ろして、いるんだ、ね」

「そちらのほうがいいって言われたから」

そう、とつぶやくと、夫は軽く背を丸めた。

見上げると空は茜色に染まり、うっすらと闇がせまってきていた。

浩之はまだ息を切らせている。エレベーターが遅いので、階段を走って下りてきたらしい。

切れ切れにそう言っている背中を見ていたら、胸に何かがこみあげてきた。

この人の若い時代を知っている。

階段ぐらいなんの苦もなく、駆け下りてきたころのことを。

そのとき、自分はこの人のすべてを独占していた。大学で知り合った浩之は五歳年上ということもあり、思えば妹のように可愛がられて結婚生活を送っていたように思う。

むつまじく暮らしてきた。

三十代になり、子どもがいないことにあせりだすまでは。

子作りがうまくいかなかったころ、一緒にゴルフを習ったり、海外旅行に行かないかと誘ってくれたことがある。すべて断ってしまった。治療をやめてからは、気分がふさいで鬱々《うつうつ》と暮らしていた。

半年前も浩之が可愛い子犬を買ってきたが、そのとき自分は水槽で飼っていたペットを失ったばかりで、犬へ心が動かなかった。

あのとき、浩之はやるせない顔をしていた。しばらく一人で子犬の世話をしていたが、やがてペットショップに返してしまった。覚えているということは、自分でも悪いことをしたと思っているのだろう。

咳き込む背をそっとさすると、浩之が顔を上げた。

百合、と呼ばれた声の温かさに、こわばっていた心がほどけた。しかし続く言葉はなく、浩之はふっと目を細めると、顔をしかめた。

その視線を追って振り返ると公園の向かいのマンションから、白いワンピースを着た女が出てきた。つやのある巻き髪が顔の周りに渦巻いている。

亜由美だった。

「パパ」

高い声で亜由美が叫んだ。

「何をコソコソ会ってるの」

「コソコソなんてしていない」

ブランコの鎖がきしむ音がした。見ると井本がブランコに乗って、立ちこぎをしている。

どうやら状況を眺めているらしい。我に返って、苦笑いをしながら亜由美に言った。

「私はお義母さんに頼まれたカタログを渡しに来ただけ、もう帰ります。リフォーム会社の人が、入れ替わり立ち替わりに見積もりをとりたいって家に来ているようで、お義母さん、少し困っているみたいよ」

浩之が小さな声で言った。

「百合、電話でも言ってたけど、リフォームってなんだ？　なんでおふくろがカタログを？

そんな予定はまったくないぞ」

「私が連絡した」

亜由美が小さく口をとがらせた。

「だって、イヤなんだもん」

「なんで勝手に人の家のリフォームを頼むんだ」

「もう人の家じゃないもの」

信じられないよ、と浩之はつぶやいた。

「うちはトイレも風呂もきちんと最初からデザインを選んでつけてあるのに」

世田谷の家を建てたとき、浩之と二人で水回りの設備や壁紙の色を選んだ。本当に楽しい作業だった。

「どうしてそんなことを勝手に頼むんだ」

「前妻が使っていたトイレやお風呂を使いたくないってことでしょう」

自分の声がやけに意地悪く響いた。

「他人がはいていた下着、洗ってあるからと言ってはきたくないのと同じことじゃない？」

こちらの言葉を聞き流し、亜由美が浩之の腕に自分の腕を絡ませた。

「ねえ、怒らないでよ。あの家って、よどんでるんだもの。行くと私、気分が重くなるの。きれいだけどなんだかいやなの。あそこに住めって言うのなら、私色に変えて欲しい」

「わたしいろ、ねえ」

俺は住めとは言っていない、と浩之が声を荒らげた。

そんなこと言わないで、と亜由美が笑った。

「ね、リイナちゃんのためにも」

女の子なんだ、とつぶやいた。

名前も決まってるのか。

リイナ……。なぜだろう。あまりうらやましくない。

亜由美の手を振り払って、浩之がカタログを傍らのクズカゴに入れた。その手をつかんで亜由美が言う。

「ねえ、ちゃんと聞いてよ、パパ、先生。捨てないでよ。先生の家って湿った匂いがするの。寝ぐさいっていうか、気分が悪くなる」

「おふくろのことを悪く言うな」

「言ってないって、私が言っているのは空気の話」

「それは家に病人がいる匂いだ」

浩之がうめくように言った。

「でも病人のせいじゃない。百合がいたときはそんな匂いなんてなかったんだ」

亜由美は黙った。

「それに、住んでくれって俺は言ったことがないだろう」

「それってどういうこと、この人とは別れないってこと?」

キイキイと、何かがきしむ音がした。振り返ると井本が黄色い髪を振り乱し、猛烈な勢いでブランコをこいでこちらをのぞいている。

軽く井本に手を振った。それから浩之に頭を下げた。

「私、もう帰ります」

「ちょっと待って」

亜由美が肩をつかんだ。

その握力の強さに思わず言い返した。

「触らないでください」

「ひどい、ちょっと、そういう言い方ってないんじゃない？　話は終わってないよ」

「私の話は終わっています」

ブランコのきしみがさらに強くなり、井本が叫んだ。

「百合っち、大丈夫？」

「なんだ、あれは？」

「私のお友達」

「百合の友達？」

「元々は母の……」

「お義母さん？」

黄色い髪をなびかせ、井本が手を振った。そしてブランコを下りようとしたが、勢いがついた板はなかなか止まらない。

「百合っち、待って、待ってね、ちょっと待って」

「とにかく、私、もう帰りますから」

帰らないでよ、と亜由美が声を上げた。

「あなたねえ、いい加減に早く離婚届を出してよ、あたしたち結婚できないじゃない」

「届けなら、渡してありますよ、浩之さんに」

亜由美が目を見開いて、浩之をにらんだ。

「嘘でしょう」

「嘘じゃないです。もう私、行くわね」

ブランコは止まったが、下りた途端に井本はよろめいていた。地面が揺れる、とつぶやいている。

あわてて井本のそばに近寄ると、信じらんない、という叫び声がした。悲鳴のようだった。

信じられない、という声は何度も繰り返されて今度は懇願するような口調になった。

「ねえ、なんで嘘言ったの。どうして奥さんが離婚しないから、結婚できないとか言うの。なんでいつまでもあたしを中途半端なままでおいておくの？　ねえなんで？」

振り返ると、亜由美が浩之に詰め寄っていた。

もうやだ、と亜由美が浩之の胸を殴った。

「いやだ、もう、なんで、どうして」

泣いているようだった。

浩之が亜由美の手を押さえつけた。その瞬間、亜由美の手から何かが落ちた。

「先生、ちゃんと結婚してくれないと、あたし死ぬ、赤ちゃんもろとも、死んじゃう。嘘じゃないよ。本当に嘘じゃないよ。もしあたしが死んだら、一生あなたを呪う」

ちゃんと籍を入れてよ、と亜由美が叫んだ。

ため息まじりに井本が荷物を持ち、帰ろうかと言った。そのとき、亜由美が叫んだ。

「帰らないで、あんたたち、一緒に来てよ。あたしの目の前で離婚届に判を押して」

亜由美の身体を押さえていた浩之が、はじきとばされた。素早くさっき落としたものを拾って何かの鞘《さや》をはずすと亜由美が叫んだ。

「来てくれないと、来てくれないと、来てくれないと」

そう言って亜由美が何かを振り上げ手首に刺そうとした。浩之がつかみかかって、それを取り上げようとした。

痛い、と声がして、浩之がかがみこんだ。

「来てくれないと……来てくれないと」

子どものように亜由美が泣きじゃくった。

妙に怖くてその場に立ちすくんだ。亜由美がこちらを見た。

「来てよ、早く」

井本が手を引っ張った。

「ほっとこうよ、百合っち」

気になるからとつぶやき、そっと二人に近づいてみる。

亜由美は泣きじゃくり、浩之はネクタイで腕を巻いていた。

いる愛用の万年筆だった。


「どうしたの？」

「たいしたことはない、先が少し刺さっただけだ」

なにの、と言いかけて、黙り込む。傍らに落ちていたのは浩之がいつもスーツの胸に挿している愛用の万年筆だった。


笹原亜由美のマンションは公園をはさんだ職場の向かいにあった。一階にはファミリーレストランとコンビニエンスストアが入っている。

ここならば不倫もずいぶん便利にできただろう。部屋の前まで来ると、そんな皮肉な気分になった。

井本は明らかにもう帰ろうという顔でついてきて、ささやいた。

「百合っち、もう関わらないほうがいいよ、二人の愛の世界には」

たしかに、そうかもしれない。

しかしここで帰ったら、亜由美はまた逆上しそうだ。

世田谷の家にいる家事代行サービスのスタッフの話では、一度浩之が家に帰ってきたとき、自殺予告の電話がかかってきたという。苛立った浩之が放っておいたら、病院から電話が来た。

手首を切って風呂場につかろうとする様子を子どもが見て、隣人に助けを求めたという。血はそれほど出ていなかったが、妊娠中だし興奮していたので一応病院に運ばれたらしい。そうしたことがこれまでにも何度かあったようだと言っていた。

亜由美の親に相談をしても親はすでに娘を見放しており、らちがあかないようだ。

だからこそ、浩之がすべてなのかもしれない。

前を行く亜由美の華やかな服装を見る。

亜由美はたしか資産家の娘で、浩之の塾がまだ小さかったころ、個人指導という形で浩之が家庭教師をしていた。高校からはハワイの学校に行き、日本に戻ってきてからはアーティストをしていたと聞く。だが実家の家業が傾いたらしく、浩之に再会したときは生活に困っていたらしい。そして最近は浩之の会社で留学事業に関する仕事をしていた。

亜由美がドアに鍵を差し込み、振り返った。

小顔に輝く大きな瞳。そのまなざしの強さに二十代の若さと勢いがあった。

そんな相手を前にして、これ以上ここにいたくない。

だがもう少し浩之と一緒にいたい。そのくせ目の前で離婚届の判を押せと言われたら、すぐに押すつもりでいる。支離滅裂だ。

どちらも愛してる、と言った声が耳によみがえる。

その、愛とはなんだろう。

ドアが開くと、奥から六歳ぐらいの男の子が出てきて、無表情に亜由美を見上げた。

「カイト、挨拶は」

「おかえりなさい」

部屋の奥から犬が走ってきた。小さなダックスフントだった。それを見て、声が出そうになった。

半年前に浩之が買ってきた犬だった。

犬は浩之にまとわりつき、パンツの裾を噛んで引っ張った。

「先生、どうぞ奥に入って」

亜由美が犬を抱き上げ、部屋の奥に入っていった。

玄関に立ったまま井本が小声で聞いた。

「なんで先生って呼ぶの」

「昔の教え子だし、今の職場でもそう呼ばれているし」

へえ、と言って井本は笑った。

再び部屋の奥から亜由美の声がした。けたたましく犬が吠えている。

「先生、早く」

「玄関でいいから、絆創膏《ばんそうこう》をくれ」

ひどく冷めた声だった。

そう？　と言いながら亜由美は絆創膏を持ってきて浩之に渡すと、離婚届を差し出した。

「用紙はいっぱいもらってあるから、今すぐここで書いて。もう嘘を言わないでよ、先生。この人、離婚する気あるじゃないの」

書きたくない、と浩之が首を振った。

「強制されたくはない。離婚するかしないかは百合子と俺で決めることだ、お前こそ、何かあるたびに子どもと一緒に死ぬと言うのはやめてくれ」

だって、と亜由美が上目遣いで見た。

「だったら早くリイナと私をちゃんとしてよ」

「そのリイナちゃんは」

しばらくためらってから、小さな声がした。

「本当に俺の子か？」

いやだ、と亜由美が目を見開いた。

「信じらんない、先生、何度も何度もあたしとエッチしたじゃない。かわいそう、この子がかわいそう、パパにまで疑われるなんて」

「浩之さん……私、先に書くから帰っていい？」

「百合」

「わかった、先生、カイトが気に入らないんでしょう、ね、そうでしょう、ね、そうに決まってる」

子どもの肩をつかんで、亜由美が押し出した。

「この子ならいいの、わかってるの、ね、先生」

亜由美が浩之の胸にすがった。

「ねえ、先生、結婚に乗り気じゃないのはこの子がいるから？　この子のせい？　この子がいないほうがいいの？　だったら大丈夫、この子の父親の家に預けるから。なんとかするから、だってあたし、先生が好きなんだもの、先生」

帰りたい、と思った。しかし亜由美の様子を見ていると、ただならぬ雰囲気だった。

どうして、夫はこんな地雷のような女性にのめりこんだのだろう。

男の子が玄関に押し出されてきて、亜由美が財布から千円札を出した。

「カイト、下でご飯食べてきて」

そういうことをするなよ、と浩之が叫んだ。

「そういうところが、ついていけないよ。自分の子だろう」

「偽善者。親の修羅場を見せるのと、外で自分でご飯を食べるのとどっちが教育上いいと思うのよ」

「あとで、一緒に食いに行こう、な」

浩之がとりなすように言った。少年は無表情だった。

「あたし、女として生きたいの。言ったじゃない、先生? あたしはママじゃなくて、女として生きたいの。女の部分がちゃんと満たされてたら最高のママでいられるのよ。それがなくっちゃ……先生」

亜由美が浩之を部屋のなかに引き入れた。それはどこか淫《みだ》らな引き込み方だった。

いい加減にしろよ、と浩之が声を荒らげ、その声に重なって犬が吠えた。

浩之の言葉にまったくひるまず、その首に片手をまわすと、見下げたような目でこちらを見て亜由美がドアを閉めた。

目の前で急にドアを閉められ、うろたえた。外には少年と井本と自分だけが残されている。

お子さんが外にいますよ、とドアをたたこうとして、手を止めた。

「やめろよ」という浩之の声を最後に、ドアの内側で何かが激しくぶつかり、もみ合う音がした。犬が吠え、荒い息づかいがした。やめろ、と言いながらも、その声は濃密なエロスを感じさせ、そのままドアに手を置いてしゃがみこむ。

自分にはなくて、亜由美にはあるもの。

それは悲しいぐらい明確に今、ドア一枚をへだてた向こうにあった。

ドアの前にしゃがみこんだまま、我に返って振り返ると、井本はせっせとメールを送っており、後ろでは子どもがポケットから何かを出してむしっていた。

そっと子どもの手元をのぞきこみ、息を呑んだ。

メスのカブトムシの手足をちぎっていた。時期が終わりかけているせいか、何をされても虫の反応は弱い。

井本がメールをやめて近づいてきた。すると子どもは靴を脱いでカブトムシをたたき始めた。夏の間は楽しく遊んでいたのだろうにと思ったら、ひとりごとが出た。

「たたいちゃかわいそう」

「メスだから。メスは嫌い。ゴキブリ野郎」

子どもはいっそう激しくカブトムシをたたき続けた。それは周りの女たちすべてに嫌気がさしているようで、身がすくんだ。

「そんなに、たたいちゃ……かわいそうだよ」

「死んでるよ」

「死んでたって、かわいそう」

「死んだらただのゴミ」

そう言って子どもはたたくのをやめて靴を履いた。

潰れたカブトムシにそっと手を伸ばすと、その前に井本が素早くティッシュで虫の遺骸《いがい》を拾った。そして無造作に子どものTシャツの襟を引っ張るとなかに虫の死骸を落とした。

子どもが悲鳴を上げた。

「ゴミなら持って帰れ」

「イモちゃん、イモちゃんちょっと」

あわてて子どもの背中から虫を出す。

子どもが泣き出した。

「なんだよ、メスが嫌いなんだろ」

井本が腕組みをした。

「百合っちもあたしもあんたのお母さんもメスだよ。同じメスでもカブトムシとゴキブリのメスは違うのよ。お母ちゃんに文句言えなくてカブトムシに言うな、迷惑だよ」

「なんだかよくわからない……けど言いたいことはよくわかる」

子どもが泣き出し、異臭がした。

カブトムシを潰すとカメムシのように臭うのだろうか?

自分の手の匂いを嗅いでみる。

「イモちゃん、カブトムシって……」

そう言って顔を上げると、井本があっけにとられた顔をしていた。

ごめん、と井本がうろたえながら言った。

「カブトムシのせい？　びっくり下痢？　驚いて、出た？　本当にごめん」

言われて子どもを見ると、ハーフパンツの脇からゆるい便がたれていた。

ドアのベルを押そうと立ち上がった。すると子どもが叫んだ。

「押すな」

「でも、お手洗いに……」

「入っちゃダメだから」

「入っちゃダメってどうして」

「どうしても」

子どもがうつむいた。

「入っていいって言うまで絶対ダメ」

情事のために子どもを外に出すのが恒例なのだろうか。亜由美より浩之に対して怒りがこみあげてきた。

「それ、あの新しいパパがそうしろって言ったの」

違う、と子どもが言った。

「いつも、前から」

前からって……、と井本がつぶやいた。

子どもは泣きじゃくり、その声を聞いてドアが開けばいいと思うが、その気配はない。便は足をつたって、足首まで落ちていた。

仕方がないなあ、と井本が言った。

「じゃあ前の公園のトイレで足を洗うか、ね？」

泣きながら子どもがうなずいた。仕方なく立ち上がり、公園にいると書いてメモをドアにはさんだ。

井本が子どもの手を握って、歩き出していた。


公園のトイレの掃除用の蛇口を使って、器用に井本は子どもの身体を洗い出した。その間にコンビニエンスストアで子ども用の下着をなんとか調達したが、上にはくパンツはどこに売っているのかわからない。

間に合わせにスカーフを畳んで子どもの腰に巻いてみた。それから浩之の携帯に電話をしたが、つながらない。その姿のままで玄関前に置いていくのもはばかられ、そうかといってなかに入れろとドアをたたいては、あとでこの子がひどく叱られるような気もした。

仕方なくファミリーレストランにいようかと子どもに言うと、小さく首を振られた。

腰に巻かれた花模様のスカーフを見ながら、井本がつぶやいた。

「こんな格好、人に見られちゃイヤだよねえ。どう見てもスカートみたいだもん」

言われてみれば、子どもはピンクの巻きスカートを着ているようだ。

「でも下の店でイモちゃんがこの子といてくれれば、その間に私、どこかで服を買ってくる。それでどうかしら、ええっと……お名前は？」

子どもはうつむき、井本が困った顔をした。

「いいけど、私たち並んで座ってたら、注目浴びまくりだよ。スカート坊やと銀色メイクのギャル。なんだか補導されそうで心配。ねえ、ええっと……何くん？」

無言で子どもはトイレの個室に入っていった。どうやら腹をこわしているようだ。そしてしばらくして出てくると、今度は大きな音をたてて洟《はな》をすすった。

寒い？　と聞くと、うなずいた。冷たい水で足を洗ったせいかもしれない。

世田谷の家のことを思った。

離婚届を出していないのならまだ自分の家だ。この子にお湯も使わせることもできるし……そう思いかけて、言い訳だな、と苦笑した。

いずれ跡形もなくリフォームされてしまうのなら、大事にしてきたあの家をもう一度見たい。

井本にタクシーで世田谷の家に行かないかと言うと、心配そうな顔をしながらも、車を止めにいった。すぐに車に乗り込めたので、車内で浩之の携帯電話にメールを打った。

世田谷の家につくと、駅のほうで着替えを買ってくると言って井本は走っていった。奇抜な姿で義母を驚かせたくないと思ったようだ。

突然子どもと二人きりにされて困った。どうしたらいいのかわからなかったが、手始めにそっと手を出してみる。

子どもは一瞬顔をしかめたが、泣きそうな顔で黙って手をつないだ。

事前に新しいパパの家とは説明はしたものの、見知らぬ場所に来たのが不安なのか、玄関に入るなり子どもは泣き出しそうになった。まるで誘拐したような気分になって気が滅入ってくる。

家事代行サービスのスタッフの女性に聞くと、義母はすでに眠っているらしい。

いよいよ泣かせてはならないと、子どもを見る。しかし泣き出す寸前だった。

無理もない。腹をこわしていて、人前で粗相をして、見知らぬ家に連れてこられたら、大人でも泣きたくなる。

とりあえず水分補給のために温かい飲み物を作ろうと、手を引いてキッチンに行った。

しかし足を踏み入れるなり、冷え冷えとした気分になった。シンクの洗剤もスポンジも見慣れぬものになり、やかんや鍋などの置き場所も変わっている。

すでに勝手に使ってもいいのかためらわれる場所になっていた。

ダイニングテーブルの椅子に座ると、子どもがつぶやいた。

「ここ誰の家?」

「さっきのパパの家」

さっき話したじゃない、と言ったが、子どもが不審そうに見ているのに気付き、小さな声で付け足した。

「それから私の家、だった家」

しばらく考えて子どもが言った。

「コナシババア？」

ココアを入れようとしていた手が思わず止まり、その手を見つめる。

「そう、だけど。たしかに子どもはいないし、若くもないけど」

声が震えた。

「……そんなふうに呼ばれるのは好きじゃないの。あなただっておもらししたからって私にウンコタレとかフンコロガシって言われたらイヤでしょう。いろいろ事情があったのに」

大人げない。自分の言った言葉に嫌気がさした。

子どもが横を向いた。そのとき、腹の鳴る音が聞こえた。

「ひょっとしてお腹がすいてる？　何か作ろうか。食べたいもの、ある？」

「アメドッグ」

アメドッグとはなんだろう。

べっこう飴のようなものだろうか？

「それはどんな食べ物?」

「コンビニにある」

よく聞いてみると、それはアメリカンドッグのようだった。

下痢をした男の子にそんな揚げ物を食べさせてもいいのだろうか。しかしあまりにうれしそうに「作れるの? 本当に?」と何度も聞くので、戸棚を開けてみた。

買い置きのホットケーキミックスがまだ残っていた。冷蔵庫には切らさないように頼んでおいた、浩之の好物のソーセージが二袋ある。

さっそくホットケーキのたねをソーセージに絡めて油で揚げてみる。

揚げている途中で、子どもがあまりに興味津々の顔をしていたので、油が飛ばない場所に椅子を置いて立たせ、鍋の中身をのぞかせてみた。

油のなかに沈んだアメリカンドッグが、みるみるうちに黄金色になってぷかぷかと浮いてくる。うれしそうに子どもが笑った。その笑顔があまりに可愛らしくて、ソーセージを全部揚げてしまい、苦笑いをした。

こんなに大量のアメリカンドッグをどうしたらいいのだろう。

しかし子どもは目の前に積み上げられたアメリカンドッグを見て、目を輝かせていた。

食べてもいい? という表情が向けられた。

どうぞ、と言おうとした。しかし甘い心地が胸に広がり、なぜかうまく声が出ない。そっと手でどうぞという仕草をした。

　小さな手を出して子どもが一本をつかんだ。そのとき玄関のほうで激しい音がして、誰かが駆け込んでくる気配がした。

　振り返るとキッチンの入り口に亜由美が立っていた。

　アメリカンドッグをほおばりながら子どもが、母親のほうを見た。

「カイト、なんなの、それ。そんな串付きの食べもの、そのまま食べたら危ないじゃないの」

　そう言ってアメリカンドッグを取り上げると、亜由美が子どもを抱きしめた。

「どこ行ったかと思ったよ。ママ、心配した、心配したよ」

　それから顔を上げて亜由美が怒鳴った。

「あなた、何考えてるの、ひどいじゃない、これって誘拐だよ、わかってる？」

「よかった、やっぱりここか」

　そう言いながら、台所にゆっくりと浩之が入ってきた。

「百合、何も連絡しないでここに連れてくるのはどうかと思うぞ」

　一体、どの面をさげて、この二人は情事を終えたばかりの身体でここに入ってきたのか。

「私、メールを送りましたよ。メモもはさんだし」

「俺は見ていない」

「でもちゃんと連絡した。着信拒否にしているんじゃない？」

携帯を取り出して操作をすると、浩之が亜由美を見た。

亜由美が横を向き、吐き捨てるように言った。

「そんなこと……どうでもいいじゃない。とにかく子どもがいないとどんなに母親が心配するか、わかるでしょう。勝手に連れ出すなんて」

「ごめんなさい……でも……」

不意に怒りがこみあげ、大声が出た。

「子どもを外に出してセックスするの、それこそやめたらどうですか」

「ちょっと信じられない、セックスって、そういうこと普通、口に出す？　子どもの前で」

「その前にやるな！　玄関で」

自分の言葉に気が遠くなった。この口調、まるで井本だ。

「やってないよ」

ため息まじりに浩之が言った。

「なんてことを言うんだよ、百合。俺は犬に嚙まれたんだ、かなり激しく。ケージがちゃんと閉まってなかったから……あのあと俺はドアを開けて百合たちを探したよ」

「犬ってどんな犬？　白々しい」

「先生、キスは拒まなかったじゃない」

「いい加減にしろよ」

「なんでごまかすの？　見て。あたしをちゃんと見て。先生だって悪い気持ちじゃなかったでしょう。あたしと一緒にいて気持ちよかったでしょう。あたしの身体のことあんなに……」

そのとき、「出ていけ」と女の声が響いた。

義母だった。

スタッフの女性に車椅子を押してもらって、台所に入ってくると、義母が声を上げた。

「出てけ、出ていけ、この恥知らず。大きな声で何を話しているの、この恥知らず」

亜由美の手をつかもうとして、身を乗り出した義母がバランスを崩して車椅子からずり落ちた。悲鳴を上げて亜由美があとずさると、床に転んだ義母が這いずってその足をつかんだ。

「気に入らないことがあるたびに死ぬ、死ぬ、死ぬ、死ぬ、と人を脅して。あなたねえ、死ぬってどういうことか、わかってるの」

義母の形相に亜由美が絶叫して足を振り払い、台所から飛び出していった。それを見た子どもが大声で泣いた。振り払われた義母は床に倒れたまま号泣した。

「もういや。浩之……なんで……こんな……ことに……」

スタッフと一緒に抱え起こしても、義母は泣き続けた。その身体があまりに軽く、形はあっても魂が薄れた状態であることを実感して泣きたくなる。

一体何をしているのだろう。

老いた親たちを惑わせ、泣かせて——右往左往し、別れることも、やりなおすことも決められず。

「どうして……こんなことになったの」

義母が泣いた。

どうしてだろう。

どうすればよかったのだろう。

泣いている子どもの手を引き、浩之が台所を出ていった。

「亜由美」

「あたし、あの人に自分の子ども、絶対抱いてもらいたくない、絶対、絶対嫌だから」

「あの人って言うな、俺の母親だ」

「お腹の子とあの人とどっちが大事なの」

「もう、やめて、やかましい」

突然、腹の底から声が出て、その声の大きさに驚いた。それは父の声にも似て太く、家じゅうに響きわたった。

一斉に、皆が黙った。

それから無言で、亜由美は子どもと出ていき、浩之は二人を送っていった。神経がたかぶった義母は睡眠薬で眠り、何事もなかったように家は静かになった。

一人、キッチンに戻り、大量に積み上げられたアメリカンドッグを一口かじってみる。

小さな子に串付きの食べ物をあげちゃ駄目なんだ、そうつぶやいたらなぜか涙がこぼれ出た。

第5章

乙美の絵手紙を取りに東京に出かけた百合子と井本は、今ごろどうしているだろうか。

絨毯に転がって寝ているハルミを見ながら、熱田は百合子の部屋の窓を開ける。

夜の空気が入ってきて、室内の酒くささを飛ばした。

今日の夕方、ハルミと一緒にホームセンターに行き、組み立て式の小さな箪笥《たんす》を買った。百合子がスーツケースを箪笥がわりにしているのが気になっていたので、以前から買おうと思っていた品だった。

それから井本が、あると便利だと力説していたクッションを見た。ハルミと二人で色とりどりのクッションを押したり眺めたりして、ようやく二個買うとすでに夜になっていた。

二人で箪笥を組み立てたあと、習い覚えたばかりの親子丼を作ってハルミに振る舞い、再び二階に上がった。そして乙美の年表を見た。

百合子の言うとおり空白が多い。

東京に行っている間にここに何かを書き足して欲しいと頼まれていた。しかし何を書いたらいいのかわからない。

迷っていると、ハルミが日本酒と湯呑みを持って二階に上がってきた。

これはいいと、二人で飲み始めたが、すぐにハルミはつぶれていびきをかきだした。

なんて他愛のない。

なぜか情けなく思いながら、押し入れから毛布を出してかけてやる。

「こら、ハルや。買ったばっかりのクッションを枕にするな。へこんで座布団になるじゃないか」

へえ、と言ってハルミがクッションから頭を落とした。

百合子の枕を出して頭に押しつける。ひょいっと頭を枕にのせて、かすかにハルミが笑った。

その寝顔を眺める。

工場で働いていたせいか身体つきはたくましいが、目を閉じた顔はあどけなく、どこか甘えん坊のような表情をしていた。見ようによっては女の子のようにも見え、思わず微笑む。きっとこの子は母親似で、その母親はたいそうな美人に違いない。

母親か——、そう思いながら背を向けた。

手伝いに来て二日目、屋根の補修道具を買いに車に乗せてもらったら、運転していたこの青年があだ名をつけてくれと言った。友人にはいつもそうして呼んでもらっているという。親からもらった名を大事にしろと言うと、自分には親がつけた名前はないと笑った。

パスポートの名前は、と問うと、肩をすくめた。

事情がありそうなので黙っていると、日本の名前がいい、と青年が言った。

それから丁寧な口調で、お願いシマス、と言った。

その瞬間、ハルミ、という名前が口をついて出た。

百合子の母親に第二子が宿ったと聞かされたとき、勤め先から家に帰る途中でその名前が心に浮かんだ。

女だったら百合子とそろえて花の名をつけてもいい。だけど春に生まれてくるまでは、男か女かわからないからハルミ。

心のなかでそう呼び始めた矢先にその子は去っていき、以来その名の話は誰にもしたことがない。

ハルミ、とつぶやいて青年はうれしそうに笑った。

やさしい顔立ちの青年によく似合っていた。

その名は違和感なく自分の心にもなじみ、まるで昔から見知っていたかのように口にのぼる。

それなのにハルミと呼ぶのはいつもためらわれて、ハルと略して呼んでしまう。

ハルミが寝返りを打った。振り向いてそっと毛布をかけ直す。

どれだけ親しみ深く感じても、異国の誰かの大切な子や孫だ。

ハル、と呼ぶぐらいでちょうどいい。

湯呑みにもう一杯酒をつぎ、再び模造紙を見た。

「1972・昭和四十七年」とある。
乙美の歴史はそこまでが真っ白で、翌年の一九七三年に熱田良平と結婚と書いてあった。
昭和四十七年、とつぶやいて、その下に書かれた世相の文章を読んだ。
――田中角栄首相が登場
――パンダのランランとカンカンが日本にやってきて大ブーム
――小柳ルミ子の『瀬戸の花嫁』が大ヒット
なつかしいな、とつぶやいて寝ころんだ。たしかにあの年は『瀬戸の花嫁』がいろいろな場所で流れていた。
目を閉じたら、当時の乙美のスナップ写真がまぶたに浮かんだ。
あぁ、そうだった、とつぶやいて笑った。
あの日は百合子が遊びに行っている間に昼寝をしていたら、姉が来たのだ――。

「乙な美人、って書いて乙美って名前の子なんだよ」

二年前に死んだ妻、万里子をまつった仏壇の戸を閉めると、姉の珠子が写真を出した。

「名前も気だても恰幅《かっぷく》もいい。年は万里さんと同じ三つ上。でも顔はそれほどオッツじゃない」

「再婚しないって言っているのに」

そう言って写真を珠子の手に押し戻した。

「そう言わずに、写真ぐらい見なよ」

姉の強い口調に逆らえず、仕方なく見た写真には、丸顔で小太りの女が写っていた。裏返すと『長谷川乙美、三十七歳、未婚、神戸生まれ、横浜育ち、祖父、転地療養、病院、賄い』と姉の字で書いてある。

唯一の身内であった祖父の世話をしていて嫁《い》きそびれた人だと姉は言った。長年、祖父の療養のために各地を転々とし、五年前にここから一時間ほど離れた山中にある病院に祖父が転院したのが縁でこの地方に来たという。半年前にその祖父は死んだが、女は今もそこで受付や賄いの仕事をしているらしい。

気だてのいい子だよ、と珍しく珠子がほめた。

「身寄りはないけど、実家をかさにきて威張られるよりなんぼかマシか。こういう子はね、いいよ、夫に尽くすから」

「それならほかにもいい相手が見つかるだろう」

そう言ってその場で断った。

再婚はしないと言っているのに、何度も見合い話を持ち出す姉の珠子にうんざりしていた。しかも写真の女は年齢よりはるかに若く見える。わざわざ気難しい子持ちのところに来ることはあるまい。ところが数日後の金曜の夜、仕事から帰ってくると、家の前にあの写真の女がいた。女は大きな布バッグを抱え、足下にじゃれついてくる野良犬を手で追い払っていた。

犬が吠え、女が尻餅をついた。

思わず犬を一喝した。

野良犬は一瞬、動きを止め、はじけ飛ぶように逃げていった。

「凄い、凄いわね」

尻餅をついたまま女が目を見はった。

「声で犬が吹っ飛んだわ」

それは別に声で吹っ飛んだわけではないのだが、近づくと目を輝かせて女が見上げた。

小柄な女で、写真よりふくよかな顔をしていた。しかも派手に光る黄色のワンピースを着ているせいか、体型が横に広がって見える。

名字は覚えていないが、乙な美人と書いて、乙美、という名前だけは覚えていた。

「あの……乙美、さん？」

さらに目を輝かせて女は言った。

「そうです乙美です。長谷川乙美です」

女の手を引いて立たせると、服の泥を払いながら女が言った。

「そんな凄い声で一喝されたら、悪漢も吹っ飛びますね。不幸も病気も貧乏も一気に吹っ飛びそう」

「そうでもない」

女のバッグについた土を払ってやりながら、百合子の母親のことを思った。

「そういうのには勝てんよ」

ゆっくりとうつむき、ごめんなさいと女がつぶやいた。

その様子からどうやら妻との死別を知っているのだと感じて背を向ける。姉の珠子が話したのだろうが、自分の知らないところでそういう話をされるのは不愉快だ。

女はまだうつむいていた。

何か用かと聞くのもつっけんどんで、そうかといってやさしくする気にもなれず、ポケットから家の鍵を出した。百合子が珠子の家に泊まりがけで遊びに行ったから酒を飲んできたのに、酔いはすっかりさめてしまった。

玄関の戸を開け、振り返った。

肩にかけたバッグの紐を両手でつかみ、女はしょんぼりとうつむいていた。黄色い丸玉のようなその姿がどこか憎めなくて、しばらく相手の言葉を待った。

用があるなら聞くつもりだった。しかし何も言わないのでなかに入ろうとした。

そのとき後ろで、あのう、とかぼそい声がした。

「……不細工、だから、でしょうか」

「は」とも「へ」ともつかぬ声を出して、振り向いた。

顔を上げて懸命な声で女が言った。

「不細工だからでしょうか」

「不細工？」

「器量が……」

困った顔をして女はすぐにうつむき、それから手を何度も組み合わせた。

「いいんです、正直におっしゃってくださって。面と向かってそうだとは言いにくいでしょうけど、顔が駄目というのなら、なんとなく、その……直しようがありませんからあきらめがつきます」

いや、と言葉を探した。

「そこまで不細工とは思わないが」

一瞬、うれしそうに目を輝かせたが、輝きはすぐに失せ、目を伏せると女はつぶやいた。

「年齢でしょうか」

「いや、別に」

「ではあの……身寄りが、ないからでしょうか」

「それも別に」

「じゃあ、その……あの」

口ごもったあと、意を決したように女が顔を上げた。

「会ってもいただけず、写真だけでお断りになった理由は……」

「いや、会ってもいないから、断るも断らないも」

手を胸の前で固く組み合わせ、懸命な表情で女が言った。

「私、珠子さんからこのお話をいただいて、本当にうれしくて。珠子さんからお写真、何枚も見せていただいたんです。そのとき亡くなった奥様の写真も見かけて……すごくきれいな方。なんというか、お姫様のようで」

なぜかうっとりとした表情で、女は夢見るように微笑んだ。

「本当にきれい……あんな人にくらべたら、私、私なんてそれこそ便所の雑巾みたいですけど、それでも珠子さんが太鼓判押してくれるなら、しっかりつとめようって思いました。あの奥様のことを大切にして、心残りだったことをちゃんと引き継いで、一生懸命つとめさせていただこうって」

「いや、姉がどう言っているのかわからないが」

なんとも答えに困って、女の顔を見る。

いいんです、と女は頭を下げた。

「どうぞ率直にお願いします。それを糧《かて》に、これからいろいろ学びます。そう思って珠子さんに聞いたら、自分で会って聞いておいでって、お家を教えてくれまして」

あの姉は――と思わず舌打ちをした。きっと会えば気が変わるとでも思ったのだろう。

その手に乗るかと力をこめて腕を組んだ。

長姉の珠子の言うことはたいてい正しいが、結婚などのデリケートな問題に介入するのは本当に勘弁して欲しい。きっと今回も自分に写真を見せる前に、話はかなり進んでいたのだろう。

申し訳ありません、と女が頭を下げた。

「あんたに怒っているわけじゃないよ」

「いえ、違うんです。申し訳ないと思ったのは、本当は私、こんな泣き言を言いに来たんじゃないんです」

そう言うと女は大きな布バッグから風呂敷包みを取り出した。

「実はお見合いの席でお渡ししようと作っていたものなんですけど、これ……お嬢ちゃんに」

出てきたのは厚手の大きな紙に描かれた数枚の絵だった。一枚目にはシンデレラと書いてあり、城を背景にガラスの靴を履いた姫君が描かれている。その絵の細やかさと深い色合いに引き込まれて思わず見入り、それから女の顔を見た。

恥ずかしそうに女が笑った。

「私、絵を描くのが大好きなんです」

「自分で描いたのか……」

女は微笑んだ。

一枚目の絵をめくると、その裏には文章が書かれていた。紙芝居になっているのだと次々と外灯の下で絵をめくってみる。現れた絵はどれも深い青や緑を基調にした配色で、そのなかで黄金の髪を持つシンデレラはひときわ光り輝いて見えた。

一通りめくったあと、物語のほかにもう一枚紙があるのに気が付いた。見ると「ふろく」と書いてあり、こちらは白いシュミーズ姿のシンデレラと、ドレスの絵が十着描いてある。これはどうやら切り抜いて遊ぶ、紙の着せ替え人形らしい。

それを見て心がなごんだ。百合子は雑誌の付録の着せ替え人形を大事にしていたが、それよりも目の前の着せ替え人形のほうがはるかに美しく、楽しく遊べそうだった。

「きれいなもんだな」

「紙に描くみたいに、布地でも洋服ができると楽しいんですけど」

恥ずかしそうに女は笑った。

「洋裁は、あまり得意じゃなくて」

この服も、と言って女は袖口をなでた。

「珠子さんが生地を選んで、仕立てるのを手伝ってくれたんです。でも、でき上がって着てみたら、私、ずいぶん横に広がって見えるみたいで……二人でいろいろ工夫してみたんですけど、やっぱり駄目。珠子さんと頭を抱えました」

裁縫の腕はともかく、姉の珠子の服の趣味はあまり良いとは言えない。急に申し訳なくなって、思わぬ言葉が出た。

「いや、いいよ。なかなかいい」

本当ですか、と女がうれしそうに言った。

その笑顔にさらに気がとがめて言葉を探す。

あまり似合ってはいないが——見ていると目がくらみそうな色だが——ワンピース自体はきれいに作ってあるように見えなくはない。

「とても、きれいに作ってある」

うれしそうに袖口の生地をなでて、良かった、と女は笑った。

「お日様の下で見ると、素敵な生地なんですよ」

それから小さな声がした。

「私、美しいものが大好きなんです」

そうした性分だとそれほど器量が悪くなくても、自分のことが不細工に思えるのかもしれない。そう考えて、少しだけ気の毒な思いで女の顔を見る。たしかに美人ではないが、この女が夜中に一人で絵を描いている姿を思うと、それはたいそう美しい光景に思えた。

目を落とすと、手のなかでシンデレラが微笑んでいた。

心から礼を言った。

気に入ってもらえたようでうれしいと明るく言って、突然に訪れた非礼を丁寧に詫びると、女は歩き出した。

女が住み込みで働いている病院近くまで行くバスの停留所は、ここからかなり遠かった。知人から車を借りてきて送ると言ったが、女は断った。

星空を見上げるようにして、女は歩いていった。

バス停まで送ろうと追いかけていって、少し困った。

女は静かに泣いていた。


泣いているのを見て、何を言っていいのかわからず、困惑したまま隣を歩き始めると、女は素早く涙をぬぐい、平静な様子をとりつくろおうとしていた。しかし鼻水が止まらないようで、時々ハンカチでぬぐっていた。

いろいろと申し訳ありません、とつぶやく声がした。

黙って隣を歩いた。

これから向かうバス停は、家から数十分歩いた国道沿いにあった。そこまでの道はほとんど畑で、民家は一、二軒しかない。

こんな距離を一人で歩いてやってきたのかと、なんとなく心が動いて隣を見た。すると女の頭のつむじのあたりから、カレーライスのようなうまそうな匂いが漂ってきた。

話を持ち込まれたときは聞き流していたが、たしか姉の珠子によると乙美というこの女は病院で賄いや受付の仕事をしているらしい。夫と製麺工場を営んでいる珠子は、その病院に食材を卸している関係で知り合ったという。

品がいいから、お高くとまっていると言う人もいる、と珠子は話していた。

「だけど私はあの人、好きだね。仕事は丁寧だし、きちんとしているし、なんといっても二百食分のカレーライスの大鍋をさ、スコップみたいな柄杓《ひしゃく》でグワングワンかきまわして作っている姿ったら、そこいらの女にはちょっとできない芸当だよ。それにそのカレーをのせたカレーうどんときたら」

感に堪えぬ、といった顔で珠子がうなずいた。

「あれは絶品だね」

姉のその口ぶりを思い出して、熱田はかすかに笑う。乙美の髪からは歩くたびにふわふわとカレーの匂いが漂ってきて、今日はちょうど、その大鍋をかきまわした日だったようだ。

少し親しみ深い気持ちになって口を開いた。

「バスで来たのかい」

「車です」

病院で事務をとっている友人が帰り道だからと言って、車で送ってくれたのだという。

へえ、といささか意地の悪い気分で言った。

「友人が」

「男の人じゃありませんよ」

あわてた様子で乙美が手を振った。

「友人といっても、病院の理事長のお嬢さまなんです。そんな、男の人の車に乗るなんて、とんでもないことです」

「男の家には来るのに？」

意地の悪いことを言ったと思った。

それなのに乙美は微笑んだ。それから照れくさそうに髪に手をやり、実は……とつぶやいた。

「熱田さんは覚えていないでしょうけど、私たち、一度会っているんですよ」

珠子が住んでいる町の名前を挙げて、はずんだ声で乙美は言った。

「私、あの町の夏祭りのときに、豚まんを売っていたんです」

豚まん、とつぶやいて思い出した。

「ああ、あの肉まん」

「そう、肉まん」

朗らかに乙美は笑った。

二ヶ月前、珠子に誘われて、百合子と一緒に夏祭りに行ったとき、近くの工場や企業、各種団体の有志がチャリティバザーと称して食べ物の夜店を出していた。

たしかにそのとき、取引先が肉まんの夜店を出しているから買ってきてくれと珠子に頼まれたことがある。

顔はまったく覚えていないがふくよかな体型の店の主は「豚が豚まん、売ってる」と子どもたちが笑うなか、真っ白な三角巾をきっちりと頭につけ、大汗をかきながら働いていた。

「私は肉まんじゃなく、豚まん、って呼んでいるんですけど」

乙美がうれしそうに言った。

「その豚まんをこしらえるのが大得意なので、あの日は張り切って作ったんですよ、でもよくよく考えたら、夏に豚まんを食べる人ってあまりいないですよね。餃子にすればよかったと思ったけれど……」

「あとの祭りだ」

小さく肩を揺すって乙美が笑った。それから照れたようにうつむき、あのときも、と言って再び笑った。

「あのときも熱田さん、さっき犬を一喝したときみたいに大声で、うまい！　って言ってくれて」

その場で食べる気はなく持ち帰るつもりが、小柄な女が一生懸命に「いかがですか」と声をかけているのを見て、何気なく一口食べてみた。するとあまりのうまさに思わずうまいと声が出た。そして気が付くと続けざまにその場で一気に四個食べていた。

「いや、あれは本当にうまかったから」

乙美が軽く頭を下げた。

「熱田さんの声を聞いて、一気に大勢の人が集まってきてくれて、あれから豚まんは飛ぶように売れました。うれしくて、本当にありがたかったんです」

ずっと、どうしようと思っていたのだと乙美は笑った。

「こんなに余ってどうしよう、タダで配っても、いらないって言われそうだし、どうしようって。私、あのとき、ものすごくいい材料を使っていたので、捨てるなんてことになったら食材に申し訳ないし、そもそもチャリティバザーなのにちっとも収益があがらないなんて」

「それはまずい」

乙美の髪から再びうまそうな匂いが漂ってきて、ほのぼのとした気分になる。あの肉まんにカレー味をつけても相当美味なのではないかと言いかけ、一体何を言おうとしたのかと言葉を呑みこんだ。

だから、と乙美がしみじみと言った。

「珠子さんから、お話をもらったとき、私、天にも昇る心地がしました。あ！　アツアツの豚まんの君だって」

「何？　なんの君？」

「豚まんの君……」

ひどい呼び方だと思った。

「それはちょっとひどいぞ」

「誰に何を言うわけじゃありません。心のなかで私がそう呼んでいただけです。あのお祭りのとき、知り合いの方が熱田さん、ってあなたのお名前を呼んでいるのを聞いて、私、『アッアツの、豚まんの君』って語呂を合わせてアッタという名字を覚えていただけです。覚えて……どうしようってわけじゃないんですけど」

手を振り、懸命な顔で乙美が見上げた。

「でもそうしたら、お名前を忘れないじゃないですか。少女趣味で恥ずかしいですけど……馬鹿じゃないかとお思いになるかもしれませんけど……でも少なくとも光源氏の君より、私にとっては現実的な君です」

なんだそれは、と言いかけて隣を見た。

気の毒になるほど乙美はうつむいていた。

「いい年して、本当に馬鹿みたいですけど。それで私、お話をもらって舞い上がったんです」

そうか、と言って熱田は口ごもる。

思えば自分は再婚についてそれほど深くは考えていなかった。

誰かを恋うという感情も、いつの間にかどこかに消えていた。いつ失ったのかもわからない。

食って寝て起きて、それから百合子に食べさせ寝かせて起こす。

余分なことは一切考えず、その繰り返しだけで妻の死後を生きてきた。そうしていれば、とりあえず二人とも生命だけは維持できたから。

でも、それだけでいいのだろうか。

足下を見つめた。

人生には、何かが必要ではないだろうか。

美しい、紙芝居のようなものが。

カレーライスの香りがするなか、乙美の声が響いた。

「さっき、熱田さんは運命には勝てない、っておっしゃいましたよね。でもあの、うまい！って一言で、少なくとも私のそれまでの不幸は吹き飛ばしてくれましたよ。私、あれからとても幸せな気持ちになったんです」

「そうか」

「でも、だからといって」

乙美が小さな声で続けた。

「こんなふうに押しかけてきて本当にごめんなさい。もうご迷惑はかけません。それに、よく考えると、たしかにこのお話はなくて良かったのかもしれません」

「まあ、たしかに」

そう答えたものの、他の男にくらべて自分の条件が悪いのを指摘されたようで少しため息をつく。後妻、子持ちはともかく、自分の収入はお世辞にも良いとはいえない。

以前は名古屋まで通って学校の教材を作る会社で働いていたが、妻の万里子が身体を壊してからはそこを辞め、出張のない地元の警備会社に勤めて今年で四年になる。

できるだけ娘の世話をするために日中の仕事しかしていないから、会社への貢献度も低く出世も望めない。無芸大食、うどの大木。そんな陰口をたたかれているのも知っている。

「たしかに、消えて良かったのかもな」

「そうですね」

乙美もため息をついた。

「実は……珠子さんには言えなかったけど、私、不安があって。冷静にちゃんと考えてみると、たしかにこれで良かったのかもしれません」

それは何かと聞こうか迷っていると、道はちょうど一軒家の前にさしかかった。

家のなかからラジオの音が聞こえてきて、音楽が流れてきた。

瀬戸の花嫁ね、と乙美がつぶやいた。

ラジオから流れる小柳ルミ子の声に合わせ、家のなかから少女の歌声がした。

「可愛いですね」

「ちょっとおませだな」

「私、この歌がうらやましい。若い花嫁さん、若すぎるって心配してくれる周りの人、それからお嫁に行くなって泣いてくれる小さな弟がいて」

「弟はともかく、周りの人間はうるさいと思うぞ」

「でも、うらやましい」

乙美は小さく笑った。

「私は、この歌の花嫁さんみたいに若くないから……お嫁に行けても子どもは授からないかもしれないし」

「不安ってのは」

しばらくためらってから、声を出した。

「子どもが産めるかということ？」

「それもありますけど」

乙美が軽くうつむいた。

「でも正直なところ、これまで結婚もずっとあきらめてきたので、自分のお腹を痛めた子じゃなくても、母親になれたらそれでうれしいです。でもそう考えるたびに不安になります」

自分は戦災で母親をなくしたのだと乙美が言った。

「母親を早くに亡くしたので、私はお母さんってどういうものなのかよくわかりません。母親になれたらうれしい、頑張ろうって思いますけど、でも、そのあと決まって不安になる。お母さんってどんなものなんだろうって」

聞き取れぬほど、小さな声で乙美が言った。

「私が、いい母親になれるのでしょうか」

「わからん」

しばらく考えてから、言い足した。

「俺も、母親がいなかったから」

夜は深く、見上げると星が満天に広がっていた。目を落とすと月明かりに照らされ、ほこりっぽい土の道に二人の影だけが長く伸びている。

急に自分たちがたった二人、置き去りにされた子どものように思えた。

立ち止まったら、乙美の孤独が伝わってきた。

大きさの違いはあれ、同じものを自分も抱えている。

乙美が振り返った。

その顔に大丈夫だ、と言った。

「あんたはいい人だ」

会ってすぐそう言う自分が、軽い男に思えて言い直した。

「大変、いい人に感じられる」

これもまた男らしくない気がして、声を張り上げた。

「素晴らしく、いい人だ」

涙がコロコロと丸い顔をすべりおち、ありがとう、と乙美が言った。

「どうも、ありがとう」

遠く、国道のほうから車のクラクションの音が響いてきて、あわてて歩き出した。病院に向かうバスの本数はそれほどなく、少し急いだほうがいいように思えた。

どこか照れくさい気がして、いよいよ足が速まった。隣で駆け足のようにして乙美も足を動かしている。

たどりついたバス停には誰もいなかった。

涙と一緒に汗を拭くと丁寧に頭を下げて礼を言い、もう、大丈夫です、と乙美は言った。バスに乗るまで見送ると言って、一緒にベンチに腰掛けた。

はるか先からバスが近づいてくるのが見えた。

それを見ていたら自然と言葉が出た。

「姉の話を断ったのは別に……そちらに問題があったわけでも、嫌だったわけでもないよ」

やさしい目で乙美が微笑んだ。

「嫌じゃないけど気分がのらないってこと、ありますもんね。わかります。寂しいですけど」

そうではなくて、と乙美の顔を見返した。

「なんというか、あんたは若く見えるし、初婚だし。何も子持ちで貧乏な男やもめの、その……後妻に入らなくても、もっといい口があるだろうにって」

「あったとしても」

しばらく考えてから、乙美はつぶやいた。

「熱田さんのところが良かったです」

乙美がうつむいた。

「お嫁に行くなんて、好きな人のところにお嫁に行くなんて、自分の人生にありっこないって、そうあきらめていましたから」

「それでも……なあ」

「縁談は最近少しいただくんですけど」

弱々しい声で乙美が笑った。

「みなさん……年寄りの世話が上手だろうとか、大家族の賄いがこなせるだろうとか、身寄りがないから我慢強いだろうとか。家族じゃなく、働き手を求めているみたい。贅沢を言ってはいけないけれど、でも私にもやっぱり夢があるんです」

顔を両手でおおい、泣いているのか、くぐもった声が響いた。

「好きとか愛とか、アイラブユーとか、そんな言葉はなくてもいいです。私がこしらえたものをおいしそうに食べてくれる人、それだけで充分に幸せです。熱田さんは、あのとき私の豚まん、おいしいって言って食べてくれました。あの記憶だけで一生幸せで、一生信じてついていけます。働き手じゃなくて、好いてもらって妻に迎えられたんだって、自分に自信が持てます。だって嫌だと思った相手が作ったものは、どうしたって口に入れられないもの……私の料理をあんなに無我夢中で食べてくれた人は熱田さんが初めてです」

ゆっくりとバスが近づいてきて、バス停の手前の信号で停まった。乙美の色鮮やかな黄色いワンピースを見ながら思う。

長い道のりのはずが、あっという間に時間が過ぎていた。その間に味わったのは、うまそうな匂いや驚き、笑い、あきれたり、ため息をついたり——めまぐるしく心が動き、身体が応えた不思議な時間だった。

きっと人生には何かが必要だ。

食って寝て起きての日々を鮮やかに彩る何かが。幸せな気持ちを作り出す何かが。笑い、喜び、驚き、ときめき、期待する、心を動かす美しい何かが。

それはきっと、自分も百合子も、そして目の前のこの乙美という女も、必要としていながら長らく手にしていなかったもの——。

信号が切り替わり、ゆっくりとバスがこちらに向かって走ってきた。小さな娘以外の誰かをどこかに誘ったことがなく、言葉を探して戸惑う。

目の前にバスが停まって扉が開いた。

乙美が丁寧に頭を下げてから乗り込んだ。

「今度、娘と、動物園に行かないか」

乙美が振り返った。しかし扉は閉まった。ゆっくりと走り出したバスに向かってさらに声を張り上げた。

「名古屋の動物園、あんたが良ければ。パンダ……パンダはいないけど」

バスの進む方向に逆らって通路を歩いていき、後部座席の窓に貼り付くようにして乙美が笑った。泣き笑いをしているその丸顔がなぜか愛しくなって、さらに大声を上げげた。

「おーい、聞こえるか、聞こえるかい――動物園、動物園――返事、待ってるぞ――」

「待ってるぞ」と声を上げ、自分の寝言の大きさに目を覚ました。あの日の乙美の顔につられて、気が付くと泣いていた。

あれから半年後の一九七三年の春に乙美はこの家に嫁いできた。以来三十年以上、台所からうまそうな匂いが絶えたことはない。

ゆっくりと起き上がり、乙美の年表の「1972年」の部分に字を書こうとしたら、紙の余白に涙が落ちた。

思い出したらさまざま事柄が心にあふれ、今度は何から書いていいのかわからなかった。

第6章

乙母の絵手紙を持って東京から帰ってくると、四十九日の法要までそれほど時間はなかった。

昼食のホットドッグに使うソーセージを焼きながら、百合子はあの夜、小さな男の子にアメリカンドッグを作ってやったのを思い出す。

三十三年前、幼い自分と暮らしだしたとき、乙母もあんな不思議な甘い心地を味わったのだろうか。

そうだとしたら、とてもうれしい。

あの夜、亜由美を家まで送っていってから、浩之は世田谷の自宅に戻ったようだ。携帯電話にその旨と、会って話を聞いて欲しいというメールが入っていた。メッセージに気が付いたときには、すでに井本と新幹線に乗っていたが、そうでなかったとしても会わなかっただろう。

道はもう、別れてしまったのだ。

焼き上がったソーセージをパンにはさむ。このホットドッグは浩之の大好物で、あの家でもよくこしらえた。最後にかけるケチャップにちょっとした隠し味をつけてあり、その風味をことのほか彼は気に入っていた。

赤いケチャップを手にしたとき、ルビーの帯留めのことが心に浮かんだ。

あの帯留めは結局返すタイミングを失ってしまい、今も持っている。浩之の子どもが生まれたら、折を見て何かと一緒に送ろうと思った。

そう考えた瞬間、ハルミの悲鳴が聞こえてきた。

「やべ、やべえ」

続いて父が何かを叫んだ。

井本とハルミが騒ぐのは聞き慣れたが、父が悲鳴を上げるのは珍しい。台所から廊下に顔を出してみる。

父とハルミは納戸を、井本は倉庫を掃除しているはずだった。

午前中に宴会のために一階の家具類を倉庫に移すという打ち合わせをしていたら、井本が乙母の作業部屋と、その奥の納戸も利用しようと言った。その二部屋に物が入れば、外まで家具を運ばなくてすむ。

ところがその納戸は乙母の部屋の奥ということもあり、なかに何が入っているのか父はよく知らないらしい。この際だから整理をしようということになった。

父の声がした。

「おおい、助けて、助けてくれ」

あわてて台所を出て、作業部屋に向かう。しかし奥の納戸のドアが開かない。どうしたのかとなかに聞くと、紙が詰まっていると父が言った。

「詰まっているって、どこに?」

「ドアの前だ、便所紙が上から雪崩《なだ》れて詰まっとる」

「通路?　上から?　便所紙?　なんでそんなものが雪崩れてくるの?」

つぶやきながら、ドアを何度も押してみる。

内側に何かが詰まっているらしく、ドアはびくともしない。井本が駆け込んできて一緒にドアを押した。しかし二人がかりでも開かない。

「百合っち、窓とかないの?」

「お父さん、窓は?　奥の窓から出られない?」

段ボールでふさがっとる、と父が言った。

「窓がどこにあるのかもわからん。わしら、満員電車のなかで立っている状態で動けんのよ。三方は段ボール箱の壁、目の前は……」

トイレットペーパー……、とハルミの情けなさそうな声がした。

「二人とも、ケガは?」

「ケガはない。だけど前門の虎、後門の……おお、紙だ」

今のギャグ?　と井本がつぶやき、ハルミがどういう意味かと父に聞いた。

あ、まずい、と父の声がした。

「馬鹿なことを言ってたら、トイレに行きたくなってきた」

「ちょっと熱田さん、それ大か小か?」

「大、大……超特急」

うわあ、大だって、と井本が部屋を出ていった。

それはまずい、とさらに懸命にドアを押す。すると足音高らかに井本が戻ってきた。

「百合っち、ヘイ、下がって」

言われて下がると、井本は奇声を上げ、やにわに手にしたゴルフクラブをドアに振り下ろした。

数回振り下ろしただけで、合板のドアはあっさりと割れ、なかから個別包装されたトイレットペーパーがどっと作業部屋に流れ込んできた。

「ありがとう、イモちゃん」

トイレットペーパーを掻き出しつつ井本を見上げた。

「本当にありがとう」

いやあ、と井本が頭をかいた。

「ものを壊してそんなに感謝されるなんて」

ロール紙をかきわけて父が出てきて、走っていった。そのあと、ほこりだらけのハルミが出てきた。

おおい、とトイレのほうから大きな声がした。

「その紙、途方もなく量があるからな、とりあえず、かたっぱしから居間に運べ。こんなの序の口で、なかにはもっとよくわからんものがあるぞ」

ハルミのほこりをはたきながら、納戸を見た。

「一体、なんなの……この部屋」

「予感ですけど」

ロール紙の穴をゴルフクラブの柄に通して運びながら井本が言った。

「私、この次はティッシュで、その次はシャンプーで、その次がせっけんで、最後にタオルが出てくるような気がする」

まさか、と思った、しかし井本の予感は的中していた。


トイレットペーパーを運び出してから納戸に入ると、六畳ほどの部屋には天井近くまでぎっしりと段ボール箱が積まれていた。バケツリレーの要領でその箱を四人で居間へ運び出したが、その作業だけで半日近くかかった。

それから出した中身を分類してみると内訳はティッシュとトイレットペーパー、シャンプーとリンスのセット、せっけん、タオル、缶詰、水のペットボトルだった。

通常は四個や六個のパックで売られているトイレットペーパーが個別包装であるのは、ちり紙交換で獲得したものらしい。紙が固いと父が嫌うので長年ずっと貯め続けられ、納戸で何かを触ったはずみですべてが崩れ落ちてきたようだ。

段ボール箱を前にして、井本が腕組みをした。

「先生ねえ……自分が死んだら、絶対、熱田さんと百合っちが処分に困るものがあるって言ってたけど」

しみじみと井本が言った。

「これだったのか……」

「収納上手が災いしたのよ」

そうつぶやいて、あたりを見渡す。

「だって普通はこんな量のもの、あんな小さなスペースに入らないもの」

「商売でもする気だったのか」

居間に入ってきた父が首をかしげた。

「それともオイルショックにそなえたのか」

「地震か台風じゃないっすかね」

「たしかに乙母さん、災害のための備蓄は大事っていつも言ってた」

そう言いながら再び床を占領する日用品を見る。四十九日の法事は二週間後に迫っているのに、これでは掃除すらできない。

ハルミが押し入れの天袋でまた箱を見つけたと運んできた。

開けるとぎっしりと乾パンの缶が詰まっていた。

間違いなく災害用の備えだった。

ため息まじりに父がトイレットペーパーの山を見た。

「それにしたって……限度があるだろう。一体、何度尻を拭いたら、この紙はなくなるんだ?」

命がけだよ、と井本が目を見開いた。

「寿命が尽きるか、紙が尽きるか、大勝負」

「そんな勝負は嫌だ」

ハルミがトイレットペーパーの山をつついた。

「コレが銭なら丸もうけ……」

「さもしいことを言うなよ、ハル。しかしお前に日本語を教えた奴は、ろくでもないことばっかり言ってるな」

父がパンパンと手をたたいた。

「とにかく、俺はこんなにいらん。全部お前が持ってけ、百合子」

「どこへ?」

アイタタ、と井本がつぶやき、ハルミが肩をすくめた。そして父が気まずそうに背を向けた。その背中を見ながら思った。

そろそろ、これからどうやって生きていくのかを決めなければならない。

東京から帰ってきたら、二階の部屋に小さな箪笥が置かれていた。これからこの家で暮らすのならきちんとした家具を買えばいいが、とりあえずはこれで、と父が言った。

木目調のカラーボックスに籐のカゴが入ったその家具は簡素だが、仮住まいのわびしさを感じさせない。父が精一杯考えてくれたのが伝わってくる。

この家に帰ってきて、父と一緒に暮らそうか。

しかし今は東京で暮らした年月のほうが長く、この町にはそれほどなじみがない。

それに……と思いながら、手のひらを見る。

亜由美の家で犬を見て以来、心に何度も浮かぶ光景がある。浩之があの犬を連れてきた日のことだ。

あの夜、浩之の腕のなかで子犬は気持ちよさそうに眠っていた。つやつやとした黒い毛を持ち、閉じた目の上だけ茶色なのがとても愛らしかった。

大切そうに彼はその犬を抱えてきて、泣いていた自分にそっと手渡してくれようとした。

受け取らず、おざなりに犬をなでた。そのくせ、子犬の背の温かい感触を今も手が覚えている。

失って初めて気が付いた。

望んだ花はなくとも、別の美しい花がいつも咲いていてくれたことに。

差し出された愛情を当たり前のように受け取り、ないがしろにしていたことに。

怒りより強く後悔ばかりがわきあがり、思いはつのる。

この思いが消えるまで同じ空の下で暮らしていたい。

でも、この家に帰ってくるのが一番いいのだろう。

父にとっても、自分にとっても。

「おい、百合子、何ぼうっとしてる」

名案が浮かんだ、と父が笑っている。

「あのな、宴会のときにみんなに配るか」

「お父さん……」

足下にあるタオルの詰め合わせを見る。

内祝いと書いてあった。

「タオルは……親戚からもらったものも多いみたい。気まずくないかしら」

「法事に来て、ティッシュとかもらうの嫌じゃね？」

「ハズレクジのヨウ」

そうか、と父がうなずいた。

しゃがんでシャンプーを手にした井本が、顔を上げた。

「じゃあさ、リボンハウスにあげたらどう？　どれも傷んでないし、良いものだし。あそこは女の人ばかりいるから、シャンプーとかせっけんとか、いくらあっても足りないぐらいだし」

それは良い案だと思った。日用品を運ぶついでに、リボンハウスのスタッフから乙母の話を聞くことができれば、少しは年表の空白を埋めることができるかもしれない。

父が賛成したので、その日のうちにリボンハウスに連絡をした。

先方が乙母をよく知っていることから話はあっさりと決まり、品物の量を伝えると軽トラックで取りに来てくれることになった。

それから一時間ほどたって、今度は上品な声の女性から電話が来た。

リボンハウスの元園長で、当日、受け取りの際にこちらに来たいという。

父にお礼を言いたいし、乙母の仏前に手も合わせたいとのことだった。

その人は乙母が独身時代に働いていた病院の同僚でもあったらしい。四十九日の宴会と乙母の年表のことを話すと、写真を探してみると言ってくれた。

電話を切ってから二階に上がり、年表を引き出した。

乙母の独身時代の紙を見る。

そこに少しでも乙母の歴史を書けることがうれしくてたまらなかった。

リボンハウスから軽トラックが来たのは、美しい秋晴れの日だった。

空は青く澄んで高く、乾いた風が心地よく吹いている。

トラックの助手席には乙母と同じぐらいの年代の小柄な老婦人が座っていた。白髪を薄い紫色に染めて、同系色の淡い藤色の眼鏡をかけている。

父と井本が挨拶をすると、まぶしそうに老婦人が井本を見た。

リボンハウスの園長を引退して長いので、最近の生徒のことはよく知らないそうだが、父から説明を受けてたいそう喜んでいた。

ありがとう、ありがとう、と老婦人がつぶやいて、井本の手をさすった。

照れたように笑うと、井本はハルミと段ボールを運び始めた。

居間も仏間も荷物で埋まっていたので、二階に上がってもらうと、父が居心地悪げに自分も荷物を積むのを手伝ってくると言った。

井本とハルミにまかせておくのが心配らしい。

すぐに階下から父が指図する声が響いてきた。とても張り切っている。

「相変わらずご立派な声で」

そう言って、老婦人が笑った。

「申し訳ありません。すぐに大きな声を出すたちなので」

「でもその声が乙美さんは好きみたいでしたよ。怒鳴り声が健康のバロメーターだって」

そんなバロメーターがあるのだろうか。

実は自分は父に大声を出されるのが少し苦手だ。

挨拶を終えると、自分の名は聡美というのだ、と老婦人が言った。

「おとみとさとみ。私たち、名前が似ているのですぐに仲良くなって。私のほうが少し年下だったけれど、ずっと乙美ちゃんと呼んでいました」

それから乙母の年表の模造紙を眺めると、聡美は微笑んだ。

「それにしてもずいぶん大きな『あしあと帳』。乙美さん、喜ぶわ」

年表に貼った絵手紙に聡美がそっと触れた。

「絵手紙もこんなにきれいに貼ってもらえて」

「でも実は……私は母のことをよく知らなくて。この絵手紙は年表を埋められなくて、かわりに貼ったようなものなんです。それでもスペースがまだすごく余っています。なんでも結構ですから、この表に書けることがあったら教えていただけないでしょうか」

「乙美さんがこの土地に来る前のことはよく知らないのです」

「でもそのときからでしたら、母とは長いおつきあいですね」

「長いですねえ。乙美さんのお祖父さんが生きていたころですから。私の父が経営する病院に乙美さんのお祖父さんが入院して。私はそこで事務をしていたんです」

その病院は当時は資産家向けの長期療養施設だったらしい。それから依存症などの治療をする病院となり、十年前に付属するような形で聡美が女性たちの互助施設を立ち上げたという。

そうした病院に入院できるだけに、乙母の祖父は裕福だったようで、当初は浜名湖近くの別荘で療養していたらしい。しかし乙母が一人で世話をしきれなくなってこの地方に来たという。

「孫というより、小間使いみたいに思っていたふしがありました。乙美さんがいないと食事もしないし。ハンスト、ハンガーストライキですね。私の推測ですけど、乙美さんのお母さまが気に入らなかったみたいで、錯乱したときに誰かと取り違えて乙美さんを殴ったり、蹴ったりしているのを見たことがあります。お年寄りだから力がないと思うでしょう」

聡美がうっすらと笑った。

「でも手加減をしないから痛いんですよ。いっそ逃げてしまえばいいのにと思ったけれど、たった一人の身内だから、離れられなかったんでしょうね」

その祖父が亡くなったあとも、乙母はその病院で働いていたらしい。

「病院の外が怖いと言っていました。無理もないです。ずっと子どものときからお祖父さんに縛り付けられて、それからあの病院に来て……あそこなら寮があるので住み込みで働けますし、ある意味とても安全です。当時は三十代の独身女性が働ける場所はあまりなかったのです」

「父と知り合ったのは、そのころでしょうか。お見合いだと聞いたことがありますが」

そうそう、と聡美はなつかしそうに笑った。

「あのときは天にも昇る感じで、ほほえましかったですね。でも最初は会う前に断られたようですが」

「断ったんですか、父が?」

「そのあたりの事情はわかりません……。病院の厨房でしょんぼりしているのを、食材の納入業者さんやみんなが励まして、理由を聞けってたきつけて。私が車でこのあたりまで送ってきたことがあります。でもこんなことは書けませんね……。あのころは……こんな言い方をしたら悪いかもしれないけど、乙美さんにとって寂しい話ばかりだったような気がします」

そう言って聡美がうつむき、年表の絵手紙に触れた。父が釣りに行って、大物を釣り上げたという報告だった。

父の声が下から響いてきた。井本にその箱は重いからハルミに頼めと言っている。

聡美の顔を見た。いろいろ知っているようだが、語りづらそうだった。

それならば最近のリボンハウスでの交流を聞こうと思った。

「母は……リボンハウスで絵手紙を教えていたそうですが」

「私は乙美さんの絵がとても好きで。施設を立ち上げたときに、ボランティアで女の子たちに絵手紙を教えてくれないかと頼んだんです。真っ白な紙に絵を描くのは心を潤すし、面と向かって人に言えないことも絵手紙なら素直に書き送れますから」

でも最初は生徒の誰も相手にしなかったのだと、聡美が言った。

「でも全然くさらずに、空いた時間でニコニコと施設のすみずみを磨きだして。どういう魔法なのか乙美さんが掃除をすると、ドアノブなんてピカピカに光るんですよ。整理整頓って口で言ってもなかなかできないものですが、並外れて場がきれいになると、どんな人でも汚さずに使おうと思うみたいで。しだいにトイレやお風呂場が大事に使われるようになりました。そのうち単純にどうして部屋がピカピカになるのか興味を持った子がいて。そうしたら……」

ふと乙母のレシピのカード集を思い出した。

一枚だけカードを二階のこの部屋に持ってきていた。

立ち上がって机の上のそれを取り、聡美に渡した。

「このカードですね」

カードを見た聡美の視線がこちらの髪にとまった。そこには簡単な髪の結い上げ方のアイデアが書かれていた。

「そのレシピを試してみたんです」

よく似合っていると聡美がほめて、女の子のイラストにそっと触れた。

「この女の子の絵、いつもなんて可愛いのだろうと思っていたけれど、娘さんがモデルだったのね」

聡美がイラストをやさしくなでた。

「このレシピのカードねえ、これこそ乙美さんの……年表かもしれませんね」

言っていましたよ、と聡美がカードをそっと胸にあてた。

「自分は親がいなかったから、母親がいれば当たり前に教えてもらうことを教われなかった。だから人に教えてもらったことや、気付いたことをひとつひとつ忘れないように書き留めてきたって」

「いつごろのことですか」

「昔も昔、お祖父さんがいたころの話です。当時はカードに鉛筆でぎっしりと米粒みたいな字が並んでいて。でも十年前に見たときは、こんなきれいな絵になっていました。心に余裕ができて、ひとつひとつを清書していったのかもしれません」

聡美から返されたカードを見た。

ヘアブラシを手にして、少女時代の自分が笑っている。その笑顔がにじんできて、あわてて目をぬぐう。

聡美も目をぬぐった。

「だけど、だからこそ、私はあなたにお詫びを言わなくてはいけない」

今日、来た理由もそれが大きいのだと、申し訳なさそうな声がした。

「なんでしょう」

「あなたがおっしゃっていた四十九日の宴会の件、リボンハウスを卒業したOBたちに個別に連絡することは難しいのです。連絡先が不明になっている人が多いせいもあるのですが……」

「たいしたおもてなしもできませんが……でも……もし良かったら皆さんに」

そう言いかけて気が付いた。

みんな、いろいろな事情を抱えているに違いなかった。

「ひょっとしたら……母に出会ったことを……リボンハウスにいたことを……伏せておきたい人も……」

聡美がうなずいた。

「いると思います。招待状やメールが自宅に来て、それはどこで出会った人だと聞かれたら、こうした互助施設にいたことを正直に話すのをためらう人もいるかもしれません。でもそれでいいんです。忘れたい、隠しておきたいというのは、今が幸せということだから」

乙母のカードを手にした。あの『あしあと帳』もひょっとしたら、同じ理由で読み返されることはないのかもしれない。

OBからハウスに連絡してくれるのは大歓迎だ、と聡美の声がした。持病があれば、体調を気遣ってこちらから連絡をするケースもあるらしい。

しかし原則としてリボンハウスは病気と名付けられない状態で、心に傷を負ったり、何かに依存している女性たちをサポートする場所なので、自立と自律の力を身につけて卒業したら、なるべく連絡をしないようにしているらしい。

私たちはテイクオフ・ボードなのだ、と聡美が言った。

「テイクオフ・ボード、飛び箱の踏切板ってあるでしょう。私たちはそれなんです。思い切り走って、板を踏み切って箱を飛んだら、もう思い出さなくていい。過去を飛び越えたことに自信を持って、まっすぐに走っていけばいいんです」

振り返ったら駄目、と聡美が強く言った。

「思い出さなくていい。思い出してはいけない、飛ぶ前の世界のことなど」

「踏切板、ですか……」

何も考えずに、人を呼ぼうと思っていた。

単純に、乙母と交流のあった人たちに来てもらえれば、と考えていた。

テイクオフ・ボード、と心のなかでつぶやいた。

踏まれるだけの板。

どんなに尽くしても、思い出してくれる人はいないのか。

聡美がやさしい目でこちらを見た。

「乙美さんだけではなく、リボンハウス自体がテイクオフ・ボードなんです。でも大きく考えれば、人ってそういうものじゃないでしょうか。親が子を支えるように、みんな、誰かの踏切板になって、次の世代を前に飛ばしていく」

「私は……」

支える子がいないのだと言いかけて黙った。

私は、と、あとを引き継ぐように聡美が言った。

「一人身なんです。結婚しませんでした。施設を継ぐ身内もいない。誰ともつながっていない人生かもしれません。だけど私の仕事をテイクオフ・ボードにして、きっと誰かが前に進んでくれている」

「忘れられるのは、寂しくないですか」

「寂しくないと言ったら、嘘になりますけど……」

聡美が窓の外を見た。

「最近ではこんなふうにも思うんです。それはお互いさま。世のなかは無数の匿名のテイクオフ・ボードで成り立っている……」

「どういうことでしょう?」

聡美が笑って模造紙を手に取った。

「たとえばこの紙を作った人の名を私たちは知りません。これを運んでくれた人も売ってくれた人の名前も。だけど名前も知らないその人たちのおかげで、私たちはこうして乙美さんの年表を見ている。そしてあなたが払ったお金でこの紙に関わった人の生活が前に進んでいる」

私は今、働いていないのだと、聡美が言った。

「体調に波があって動けない日があるんです。引退してしばらくは、働けない自分が情けなくて仕方がなかった。でもやり方によっては、私もまだ誰かのテイクオフ・ボードになれるようなんです。生きている、生活をする。気にかけることがあり、気にかけてくれる人がいる。それだけで人は誰かを飛ばし、飛ばしてもらい、一緒に前に進んでいる気がします。それは無数の匿名のテイクオフ・ボード、お互いさまだから……」

「忘れられてもいいと？」

何も言わずに、聡美が微笑んだ。

黄色みを帯びた午後の光が部屋に差し込んできた。

そうそう、と恥ずかしそうに聡美がバッグを探った。

「もうひとつ、大事なことを。乙美さんの若いころの写真……」

「貸していただけるんですか」

「それが……乙美さんは写真が苦手で……何もなくて」

ごめんなさい、と聡美がうつむいて、ため息をついた。

「探したんですけど、これ一枚しか……」

ハンカチで目を押さえると、聡美が写真を出した。座り直してその写真を受け取った。

「こ、これはなん……ですか」

モノクロームのその写真には、顔に何かを塗った聡美と乙母が毛糸のカツラをかぶって立っていた。ボール紙で作った金棒を持って、二人は愉快そうに笑っている。

鬼です……と消え入るような声がした。

「節分の豆まきパーティのときで……」

写真の裏に描かれた日付は一九七三年の二月だった。父との結婚が決まって、翌月に退職が決まっていたという。

「寒い日でしたけど、患者さんたちに豆をまかれて、笑顔で外に駆け出す乙美さんを見ていたら、本当におめでとうって思いました。長い冬だったけどようやく春が訪れた気がして」

乙母が駆けていく様子がなぜか鮮やかに心に浮かんだ。

写真の乙母が今の自分と同じ年代なのに気付いて、もう一度眺める。

明るく笑っていた。

階段を上がってくる足音がして、父が現れた。荷物を積み終えたという。

聡美が立ち上がり、年表を見下ろした。

「私の話は本当に寂しい話ばかりですね。……当時のことを乙美さんがご家族にそれほど話さなかったというのは、あまり思い出したくない時代だったのかもしれない。そう思うと……私がお話をしてよかったのか……」

二人の鬼が笑っている写真を見た。

「お借りしたこの写真を貼らせていただいて……。病院で働いていた、とだけ書こうかと思います。写真に『職場の節分パーティにて』と言葉を添えたら、それで伝わる気がします。辛い時期もあったけど、いいお友達もいたんだって」

聡美が微笑んだ。そして父を見上げた。

「乙美さんはご家族と、本当に幸せに暮らしていたんですね」

一瞬、口を開きかけた父が、床に広がる模造紙に目を落とした。

ぽつりと声がした。

「それは本人にしか……わかりませんよ」

そして軽く頭を下げると、階段を下りていった。


帰り支度をした聡美と外に出ると、軽トラックにはきれいに段ボールが積んであった。

整然と積まれている様子に感心して、父と井本とハルミを見る。

聞こえてきた声の調子では、あまりうまくいっているように思えなかったが、実はこの三人はかなり息が合っているらしい。

軽トラックの後ろにはハルミのビートルが駐まっていた。積みきれなかった荷物を運んでくれるという。

聡美に別れの挨拶をした父が、腰をさすりながらビートルのフロント部分にもたれた。

ああっとハルミが運転席から顔を出した。

「オトウサン、もたれちゃダメ」

父が怪訝《けげん》な顔で見た。

「お前も、よくこの車にもたれてるじゃないか」

「もたれる場所、違う。そこは顔、車の顔」

そうか、とフロントグリルから離れると、父が前輪の上にもたれた。

「ここならいいか？　腰が痛くてな」

「もう出るヨ」

おう、と父が車から離れると、前のトラックが走り出した。ハルミが車にエンジンをかけ、そのあとに続いた。

トラックは軽快に走っていき、橋を渡っていった。しかしハルミのビートルはまだ橋の手前にいる。

「ハルちゃん、大丈夫かな。途中で置いていかれないかな」

すでに置いていかれとる、と父がつぶやいた。

「本当に遅いな。ありゃあビートルじゃなくてタートルだ」

「そう呼ぶ国もあるらしいっすよ。水とか液体類は重いからねえ」

心配そうに井本がビートルを見た。それからエプロンからティッシュの小袋を出すと、洟をかんだ。

「ねえ、熱田さん、リボンのみんなはこれから髪を洗うたびに先生を思い出すんだろうね」

「トイレに行ったときもな」

やだ、と井本が父の背中をばんばんとたたいた。

「それは私、遠慮して言わなかったのに」

井本がティッシュをまた出した。その一枚が風に飛ばされた。タンポポの綿毛のようだと思いながら、そっとそれをつかんだ。

踏切板、テイクオフ・ボードという言葉が心に響いた。

宴会を開いても来てくれる人は少ないかもしれない。

割り切れぬ思いがした。

それでもあの二人が飛ばした女の子たちは、きっとどこかで何かを芽吹かせている。

遠い町のキッチンで、あのレシピの料理を作っているかもしれない。

ティッシュを畳んで顔を上げると、黄色いビートルがのんびりと橋を渡っていった。


家中の掃除が終わると、四十九日の大宴会がいよいよ明日に迫ってきた。

窓ガラスを磨くために居間に洗剤と布を運んできて、百合子は小さく笑った。

庭の掃除をしているハルミと父が、おそろいのボーダーのTシャツを着ている。

ハルミが手伝いに来るのは、今日で最後だった。

申し合わせたように今朝、井本とハルミがボーダーのTシャツを着てきて、偶然に自分も同じTシャツにジーンズ、白いシャツを着ていたから、父もそろえたようだ。

居間の真んなかに立ち、あたりを見回す。

今日までの一週間はほとんど家具の移動と掃除に明け暮れた。そのおかげで今では家じゅうがきれいに拭き清められ、とても清々しい空気に満ちている。

掃除の最後の仕上げに、今日はみんなでそろって窓を磨く予定だった。

声をかけると、三人が集まってきた。

父が少し恥ずかしそうに言った。

「まあ、なんだ、Tシャツというのは作業着だからな。別にそろえたわけじゃないぞ。こういうときに着ないとな」

「誰も何も言ってないよ、熱田さん」

そう言って笑うと、窓磨き用のスプレーを持って井本が外に出ていった。布を持った父があとに続く。そこで自分とハルミはなかから窓を磨くことにした。

井本が外から大きくハートマークを描き、なかにアッタ、イモトと書いた。

「見て見て、熱田さん、ラブラブマーク、相合い傘」

「最近の相合い傘は傘じゃないのか」

「そうなの。見て、スキスキ大好き、熱田さん」

父があっさりと文字を布で消した。

「ああ、愛が消えた〜」

「馬鹿なことを言ってないで、とっとと磨けや、イモ」

井本が隣の窓にまたハートを描き出し、描き出すそばから父が消していった。

ハルミが小さく笑った。

その横顔がどこか寂しげに見えたので、窓に『HARUMI』と『IMOTO』と書いた。

すると外にいた父と井本が笑った。

「どうしたの？」

「す、すごいよ、百合っち、なかで『IMOTO』って書くと、外から見ると『OTOMI』なの。すごくない？　愛を感じちゃう」

「ハルちゃんは？」

「HARUMIはね、イムラァ、でもRが逆になっちゃうんだよね」

IMOTO、OTOMIとスプレーで書いて、井本が言った。

「ねえ私、マジで乙美先生の生まれ変わりかもよ、どうよ」

「どうよと言われても」

「いくらなんでも、それはないな」

洗剤をガラスに伸ばしながら父が言った。

「うちの乙美はあれでたいそう上品だ。何度生き返ってもナニを切れとは絶対言わん」

ナニを切る？　とハルミが聞いた。下腹部を指さすと、ハルミがため息をついた。

「ゲヒン。ねえさん、ゲヒンです」

「私じゃないのよ、井本ちゃんの発言よ」

何よ、私ばっかり、と井本が腰に手をあてた。

「じゃあ言うけどね。あのとき私の塩ラーメン食べてオンオン泣いてたのはどこのどいつらだ、あんたらでしょう」

「アンタも泣いとった」

「そりゃそうだけど」

「お父さん」

父がむきになっているのがおかしくて、思わず笑った。

「もう……怒鳴らないでよ。ご近所につつぬけよ」

井本が笑った。そしてまたハートマークを描いた。

「熱田さんは声が大きいから、その気はなくても怒鳴ってるように聞こえて損だよね」

そう言われて父が横を向いた。

「でもそういうのってさ、語尾にニャンとかつけると誤解されなくていいかも。どうニャン？」

「断る」

父がキュッキュと音をたててガラスを磨いた。

「ニャンがイヤなら熱田さん、ダベはどう、ドウダベ？」

「断る」

「コトワル、ダベ」

「言わなきゃ駄目ダベ、お父さん」

窓は布でこするたびに透き通っていき、朝日の輝きがあますところなく家に注がれた。そのなかで他愛のない話をしていたら、なぜか幸せな心地がした。

思わず窓の外に呼びかけた。

「じゃあお父さん、サイはどう、語尾にサイ。ハイサイのサイ、くださいのサイ」

「ハイサイって何？」

「沖縄の言葉で、こんにちは」

「うるサイ」

そう言って父が笑った。

乙母が逝ってしまって、明日の土曜でちょうど四十九日になる。

たまに壊れたように泣くときがあるが、父も自分も少しだけ心のゆとりが戻ってきた。

ハルミが父に呼ばれて庭に出た。屋根に登って、二階の窓を一緒に拭こうと言われている。

今日限りで彼はもうこの家に来ないのだと思うと、二人が並ぶ姿を見つめた。

まるで祖父と孫のようだった。

井本がハシゴを運んできた。そのタイミングがいいと父がほめている。

そんな井本も、明日の宴が終わればどこかに行ってしまう。

二階の窓を指さして、三人が笑った。

なぜか涙がわいてきて、あわてて台所に行った。

今日はすき焼きの予定だった。しかしほかにもハルミや井本が食べたいものがあれば、なんでもリクエストに応えようと力強く思った。


その日の夕方、井本とすき焼きの支度をしていると、スキヤキ、スキスキ〜、と短い鼻歌を井本が歌った。歌詞はそれしかないのだが妙に調子が良くて耳に残り、気が付けば自分も頭のなかで歌っていた。

どうやら父もそうらしく、食事が終わったあとに畳に寝転がると、鼻唄でそのメロディを歌っていた。かなり酔っぱらっている。

食後に台所で洗い物をしていると、皿を拭きながら井本がまた歌った。

「スキヤキ、スキスキ〜。大好き、スキスキ〜」

「イモちゃん、その歌はなあに？」

「いやあ、ただの魂の叫びっす」

可愛らしい叫びだと思いながら、二人で片づけものを続けた。それからお茶をいれて、居間に戻ると、父の隣でハルミも寝転んでいた。

「ごめんね、ハルちゃん。今日で最後なのに、父ばっかりお酒を飲んで」

車だから、と笑って言うと、ハルミが起き上がった。

「お父さん、起きてよ。ハルちゃんも起きたよ」

うん、と父が不明瞭な声で答えて寝返りを打った。

ハルミはこのあと日本を引きあげ、故郷に帰るのだという。同郷の人はまだこの町にいるが、一足先に帰って、あとから来る人を迎える準備をするのだと言った。

遠いんだろうな、と寝転んだまま父がつぶやいた。

「どれぐらい、かかるんだ」

ハルミが困った顔で肩をすくめた。

「説明、難しいネ」

とても行けないなあ、と父が言った。

「オトウサンが来るなら、迎えにくるヨ」

どうやって連絡するんだ、と父が寝返りを打った。

そうね、とハルミが言った。

「難しいネ」

氷水でも飲むかと言って、井本が立ち上がった。

「熱田さん、そんなにぐでんぐでんじゃ、ハルちゃん、見送れないから」

井本が水を持ってきたが、父は起き上がれなかった。

ハルミが立ち上がって奥から毛布を持ってきた。それから腕時計を見た。

「オトウサン、ボク、そろそろ行くよ」

父が大きく息を吐いて起き上がろうとした。

いいよ、とハルミが言った。

「起きないで。そのままでいて」

「すまん、ごめんな、ハルや」

オトウサン、とハルミが小さな声で言った。

「ちゃんと呼んで」

「何を？」

「名前」

ええっと、と父が大きく息を吐いた。

「元気でな、カルロス……、カルロス……ええっと」

ハルミ、と青年が言った。

ハルミ、と言って父が黙った。

「お父さん……どうしたの？　具合が悪いの？」

まあな、と言って父が両手で顔を押さえた。

「ハルミ……元気でな」

「さよなら、オトウサン」

さようならなんて、と父がハルミに背を向けた。

「なんて寂しい言葉だ。お前の国ではなんて言うんだ？」

「さよなら、がいい」

そして父は黙った。

落ちた、と井本がつぶやいた。

「寝ちゃったわ、お父さん」

軽いいびきが聞こえてきた。

「ごめんね、ハルちゃん。私が見送るから」

いいよ、とハルミが笑った。花開くような笑顔だった。

ハルミが父の毛布をかけ直した。

「さようなら、オトウサン」

父を居間に残して玄関に向かうと、井本は父の様子が心配だから残っていると言った。そしてハルミの背中をたたいた。

「本当によく働いたね、ハルちゃん。前は小さな坊やだったのに。人は見かけによらないね」

ハルミが笑って、井本の前髪をつまんだ。

「人のコト、言えない」

井本が笑った。

外に出ると、一面の星空だった。

月明かりに照らされ、ハルミの大きな影が道路に伸びている。二人で並んで歩くと、その影は大人と子どものようだった。

ハルミが立ち止まって、振り返った。そして家を眺めた。

足を止めて一緒に家を見た。

屋根も壁もハルミと父が塗り替えて、以前とは見違えるようになっている。

「ハルちゃん、ありがとう」

家を見上げていたハルミが、視線だけをこちらに落とした。

「来てくれて、ありがとう」

目だけで笑うと、ゆっくりとハルミが歩き出した。

父がハルミに渡すつもりだった謝礼を持ってきたことを思い出し、エプロンのポケットから出した。忘れぬうちに渡しておこうと思った。

「待って、ハルちゃん」

ハルミが立ち止まった。駆け寄って、そっとハンカチで包んできた封筒を渡した。

ハルミが押し戻した。

「いらない」

「でも、せっかくだから。こんな形でしか表せなくて失礼かもしれないけど、私たちの感謝の気持ちだから」

「本当にいい」

そう言ってハルミがまた歩いていった。追いかけると、軽く駆け出した。

僕ら、と声がして、ハルミが車のキーを空に放った。

キーは星空に高く上がり、ハルミが走りながらそれをキャッチした。

野球帰りの子どもたちが、この道でよくそんな仕草をしている。

ボールがわりに何度もキーを投げたあと、ハルミが立ち止まった。

追いつくと、手のひらのキーを見つめていた。

かすかな声がした。

「ヒッコンドレン、カタ、ノデス」

「どういう意味?」

ハルミが笑った。

「もう一回言って」

「ヤダ」

再びキーを投げ、ハルミが土手を駆け下りていった。

ずっと見てたヨ、とハルミの声がした。

「シチゴサン、フリソデ、シロムク。キレイなねえさん。いつもきれいなユリコ」

「昔の話よ」

「今もスキスキ」

井本の鼻唄を思い出して笑った。

ハルミの背中も笑っていた。

「変な歌ね」

「変な歌だネ」

土手を下ると川原には近隣の人々が来客の駐車場がわりに利用している場所があった。

満月の光を受け、すすきの穂が白く輝いている。

波のようになびくすすきに囲まれ、黄色いビートルは川下に前輪を向けて駐まっていた。

車のドアを開けると、ハルミが振り返った。

「ねえさんは、どうするの？」

「どうするって」

「元の生活……戻りタイ？」

元の生活、とつぶやいて、川の瀬音に耳をすませた。

ポケットに手を入れて、ハルミがうつむいた。

「戻らなくて、いい」

「なぜ？」

ハルミが顔を上げた。

「もし戻れるのなら……時間を前に戻したい。でも、それはできないよ。だからいい。このままでいい。浩之さんも新しい家族も健やかで幸せに」

「キレイゴトね」

「きれいごとかもしれないけどそう願ってる。だってずっと会ってみたかったんだ、浩之さんの赤ちゃんに」

自分の人生に意味はあるのか、誰が母親であろうが、そんなことはもうどうでもいい。

「ずっと、会いたかったんだよ、ハルちゃん」

ハルミが目を閉じ、うつむいた。

かすかな声がした。

「なあに？」

ハルミが顔を上げて、何かを言いかけた。

「なあに？　ハルちゃん」

何も言わず、泣いているような顔で微笑むと、おずおずとハルミが手を伸ばした。

大きな手が、そっと頬に触れた。

「ハルちゃんの手は、冷たいね」

あわてて引っ込めようとした手に触れた。あまりの冷たさにそっとその手を両手で包み込む。

ねえさん、とハルミがつぶやいた。

「僕の手は、温かくならないョ」

「そんなことない、温かくなってきたよ」

「ねえさんの、体温」

「どっちでもいいじゃない、ハルちゃんが温かければ」

そっと手を離すと、ゆっくりとハルミが背中を向けた。

ねえさん、と声がした。

「ねえさんは、もう寒くナイ？」

「寒くないよ」

ヨカッタ、と大きな背が丸まった。

「じゃあ、サヨナラだ」

そう言って車に乗ると、すぐにエンジンがかかった。そして車は走っていった。

「待って、ハルちゃん、待って」

さようならを言っていない。

瞬く間に車は土手を上がっていった。追いつきたくて、すすきをかきわけて走った。

道に上がると、川べりからかすみが立ち上ってきた。

もやのなかにテールランプが見え隠れし、エンジン音だけがバタバタと響いてくる。

そして溶けるようにすべてが消えていった。

ハルミの手の感触が頬に残っていた。手をあてるとやさしい心地がした。


川の音を聞きながら家へ帰ると、門の前に父が立っていた。

井本を見送っていたらしい。

行ったか、と川下を見て父がつぶやいた。

行ったよ、と答えたら、黙って家に入っていった。そのとき気が付いた。

きっと聞きたくなかったのだ。ハルミも父も、相手の「さようなら」の言葉を。

寂しげに丸めた父の背を見つめた。

もし東京で生きることを決めたとしたら、父は笑って見送ってくれるだろう。

だけど一人残ったこの家で、父はこんな寂しげな背中で過ごしていくのだろうか。

井本もハルミも娘もいないこの家で、たった一人で。

父が寝入った深夜、壁に貼った年表を眺めた。

どう生きるのか。どんなことを自分の年表に書き付けていくのか。

年表に書かれた文章のひとつ、ひとつのことを、乙母はどうやって決断し、何をあきらめていったのか。

絵手紙を貼っても、年表には白い部分がたくさん残っていた。

子どもを産まなかった女の人生は、産んだ人にくらべて空白が多いのかもしれない。

それでもいい。

今はそう思っている。

自分と乙母は血のつながりはなく、その人生についても多くは知らない。

だけどずっと継母が好きだった。

それでいい。

昭和の初め、「長谷川乙美、神戸に生まれる」と書かれた最初の紙の前に行き、その文字を見上げた。

どんな人もみな、『あしあと帳』の最初はこの言葉で始まる。そしてその後は誰一人として同じものがない。まったく別々の道を歩んでいる人たちが、ほんの一瞬、同じ時を共有して、そして別れていく。

模造紙に額を押しつけたら、涙があふれて止まらなかった。

第7章

十三時きっかりに入り口と書かれた玄関から入ってきた親族はみな、壁じゅうに貼られた乙美の年表を見て驚いた。

これはなんだと言われて、熱田は返答に困る。

困惑した親族たちは年表を読むこともなく、部屋の中央に置かれた座卓の周りに集まって、顔を見合わせていた。

一週間前に百合子と手分けして、乙美の住所録などを参考に、友人や知人にも誘いのハガキやメールを送った。しかし十三時から十七時という長い時間を設けたせいか、室内には親族以外はまだ誰もいない。

百合子と井本は揚げ物や蒸し物を作るため席をはずしており、会話もなく、熱田は困る。

やはり、芸が必要だったか――。

姉の珠子が大きなため息をついた。

「良平のところもまあ、本当に変わったことするよねえ。お経もないんじゃ乙美さん迷っちゃうよ。金がないわけでもあるまいに」

「これが乙美の希望で」

はたして本当にこれが希望なのか。

自信がなくなってきたが、あたりを見回して親族に声をかけた。

「まあ、ビールでも、飲んでください。それから、その、まあ、自由にいろいろ見て……」

見ろと言われても、と珠子が言った。

「何を見ろって言うんだい？　ところでなんで百合ちゃんのご亭主がいないの？　決まったのかい、離婚？」

珠子姉さん、と二番目の姉が言った。

「そう、つけつけとものを言うものやないわ」

「まあ子どもがいないと、離婚も早いよね。産まなかったのか、産めなかったのか、産ませてもらえなかったのかわからないけど。まあ子どもに苦労しなくていいってのはある意味、幸せモンだね」

かすかに親族の間で笑い声が広がった。いたたまれなくなって台所のほうを見る。

百合子は最近、髪を結い上げてピンで留めていた。そうしていると、きれいなあごの形がはっきりと出て、親の欲目か、年齢不詳な美しさがあった。

そのうえ乙美のカード集の「美容」のレシピを連日連夜、井本と試したおかげか、肌はいよいよ白く、髪にはつやが出ている。

気立てもそう悪いほうではない。人に笑われるような娘では断じてない。

そう思ったとき珠子に言い返したくなった。

「姉さん。毎回言おうと思っていたんだが」

珠子の目が少し怖くて、咳払いをした。

「ぶしつけに百合子に産まないとか産めないとかいう話をぶつけるのはやめてくれないか、悪気はないのはわかっているが」

「なんでそんな気を遣わなきゃいけないの、親戚同士で」

「あんたは金がないから金持ちの苦労がわからなくて幸せ、そんなことは普通言わないだろう。なのになんで子どもの場合は平気で言えるんだ」

「お金と子どもを一緒にするんじゃないよ」

「子宝、だろう、金より尊いものだろう。金は働けば作れるが、子どもは授かりものだ、それに事情があるんだよ、姉さん」

まあまあ、と従兄弟《いとこ》が熱田にビールをすすめた。

「良平ちゃん、熱くならないで」

「珠子姉さん、乙美さんの絵手紙、見ようよ」

「お、このポテトフライ、うまいな」

そうやって話しているうちに親族が机から離れて、年表を見始めた。それにほっとして手酌でビールをグラスについだ。

なつかしいな、と声がした。

「昭和三十三年、フラフープの人気大爆発、これ、俺得意だったんだよ」

「そうだよな、あんた、やりすぎでギックリ腰になってたよな」

親族たちの間にさざ波のように笑いが広がった。その笑いに安心して、グラスに口をつけた。

「それにしても、さっきの話は聞き捨てならないね、良平」

ビールを一気に飲み干すと、珠子が寄ってきた。

「あんなふうに言われたら、私たち何も言えないよ。気楽に孫の話もできないじゃないか、え、良平」

「姉さんの孫の話は楽しいよ。俺も百合子も喜んで聞いている。気を遣ってくれなくてもいいが、ぶしつけなことは言うなということだ」

「何がぶしつけだ。あんたらね、ほかの親戚がどんなにあんたの家に気を遣ってるか、わかってんのかい？　律子とか、うちの明美はあんたの家に年賀状を出すときは、気を遣って子どもや孫の写真入りのハガキを出してないよ。なんだか悪いからってね。だけど面倒なんだよ、いちいちそういうハガキを準備する身にもなってみなよ」

「別に頼んでいない。写真入り年賀ハガキは、子どもの成長が見られて俺はうれしいが」

「そんなのわからないもの。私たちはね、すでに十分すぎるほどあんたに気を遣ってますよ。

なのにもっと気を遣えって？」

「でも姉さん、子どもを亡くした親に我が子の自慢話はしないし、糖尿の人間にグルメの話も避けるだろう。律子姉ちゃんや明美ちゃんが気を遣ってくれるのはそういう類の……」

「だから気を遣うのが当然って？　あんたの娘は病気かい？　まあ病気かもね」

「いや、姉さん」

「百合ちゃんの身を思って私が言ってやったことに、いちいち揚げ足とるんじゃないよ。あんたはいつまでたっても末っ子の甘えっ子で言うことが甘い。だからこんなヘンテコな法事をする羽目になるんだよ、恥ずかしくないのかい？　葬式とか法事ってのは死んだ者のためじゃない、生きている者のためにやるんだよ。こんな変な法事、私には常識がまったくありませんって言ってるのと同じだよ」

「もういい」

「私が言ってることはね、世間の大半の人が思っていることだよ、あぁそうだよ、常識の範囲内。はっきり口に出して言うか言わないかの差」

「もう、いいから、姉さん」

「おばさん」

肉まんを運んできた百合子が笑った。

「豚まんをどうぞ。アツアツです」

「なんだか、この家で食べ物をすすめられるとおっかないねえ」

なんでここに出てきたのだ、と百合子を見た。

わざわざ珠子の餌食《えじき》になりに来なくとも——。

「今さ、百合ちゃん、あんたのお父さんに説教くらわしてたところだよ」

珠子おばさん、と言って百合子は居住まいを正した。

「うちはたしかに子ども孫もいません。子どもがいるからわかる喜びも悲しみも私にはわからないでしょう。それは残念です。でもおばさん、子どもがいないからこそ得られる楽しみや悲しみもあるということをご存じですか」

「知らないね、知りたくもない」

「だったら見守っていてください。私はそれを学んでいきます」

一瞬、珠子が黙った。しかしすぐに声を上げた。

「私はね、百合ちゃんが可愛いから」

軽く頭を下げると、百合子が皿をすすめた。

「豚まんをどうぞ。お酒ももっとどうぞ。常識外れかもしれないけど、乙母さんが望んだんです。四十九日はみんなで大宴会をして欲しいって」

「宴会って、これが大宴会かい?」

「そのつもり、ですけど」

「そんなの、普通にお坊さんを呼んだあとでやればいいじゃないか」

「お線香もお経もいらない。そのかわりにみんなで食べて笑って、楽しく大宴会を……」

「あきれたよ」

珠子が席を立った。

「それでこれかい？　大宴会……ここの衆は本当に常識がなさすぎる」

足音を響かせて、珠子が玄関に向かっていった。

「姉さん、帰るのか」

珠子の親族が立ち上がって、ひきとめようとした。その手を振り払って珠子は歩いていく。おばあちゃん、おばあちゃんと珠子を呼びながら、珠子の親族が玄関を出ていく気配がした。

一気に部屋のなかががらんとした。

湯気をたてる豚まんを見ながら、ビールを飲む。

親族ともうまくやれない男が宴会の幹事など。

どだい無理だったのだ。

顔を上げると、居間の入り口に華奢な女の子が立っていた。

玄関から年表を見ながら歩いてきたらここまでたどりついたが、入りにくい、という風情だった。

乙美がボランティアで関わっていた子だろうか。

そう思った途端にうれしくなった。

「いらっしゃい！」

女の子がびくつき、持っていた紙袋をすとん、と落とした。

「お父さん、いきなりそんな大声で……ごめんね、驚いたでしょう」

百合子が立ち上がった。

「熱田さん、居酒屋じゃないんだから。大声を出すときは可愛くニャンってつけなよ」

女の子の紙袋を拾ってやりながら、井本が言った。

あ、と女の子がまじまじと百合子を見て、声を上げた。

「ユリっち？」

ああっ、と女の子が背伸びをしてこちらを見た。

「ダーリン熱田？」

「ダーリンは知らんが、熱田だよ」

ここいら全員、熱田だよ、と酔った親族が陽気に手を振った。

ダーリン熱田、ともう一回言って、女の子がうれしそうに笑った。

「レシピの絵にそっくり」

その顔にどこか見覚えがあった。

不意に乙美が作りかけていた『あしあと帳』を思い出した。

「お嬢ちゃんはひょっとして……美佳、ちゃんかね？」

女の子が不思議そうにうなずいた。

「乙美と豚まんを作った美佳ちゃんだろう？　あれが死ぬ三日ぐらい前に、一緒に豚まんを作ってなかったかい？　写真を見たよ。乙美があんたの『あしあと帳』を作ってて……待ってな」

あわてて乙美の作業部屋に向かう。移動させた家具の間をぬって、美佳の『あしあと帳』を探して帰ると、彼女が持ってきた袋の中身をテーブルに出していた。

コロッケサンドだった。

聡美先生から宴会の話を聞いたと、美佳が言った。他の生徒はアルバイトや仕事に出かけているので来られないから、とりあえず一人で来たと、とつとつと語った。

百合子に話し相手をまかせて、手を伸ばして一個にかぶりつく。小ぶりだったが、コロッケにしみたソースの味は、まさに乙美の味だった。手にソースがつくのも構わず、二個目に手を伸ばす。

「うまい」

美佳がおずおずとこちらを見上げた。

その顔を見ていたら、涙のようなものがこみあげてきた。あわてて三個目にかぶりつく。

「実にうまい、うまいよ、お嬢ちゃん」

美佳がうつむいた。うれしい、と声がした。声に惹かれて、親族が寄ってきて手を伸ばした。

次々においしい、と声が上がった。

「乙美おばさんのコロッケだ」

店が出せるよ、と親戚の一人が真面目に言うと、将来はお店をやりたいのだと恥ずかしそうに美佳が言った。お金を貯めて車を買ったら、それを屋台に改造して、あちこちにおいしいコロッケサンドを届けたいという。豚まん屋もいいな、と言ったら、夏場に困ると乙美は笑っていたらしい。

うつむき加減で座っている美佳に作りかけの『あしあと帳』を渡した。

「乙美は、ちゃんと作って渡してやりたかったんだと思うが……」

美佳がページをめくっていった。生まれた日の記事のスクラップはすでに貼られ、文章も絵も書き上がっている。

年表の最後のページには小さな車が描かれていた。朝市で見かけた屋台とよく似た可愛らしい車が虹の彼方を目指して走っている。ただその絵だけは色が途中までしかついていなかった。

スクラップブックに、涙が落ちた。

「これが、先生の最後の『あしあと帳』……」

正座をしたまま、美佳が泣いた。何を断ち切るためにリボンハウスにいるのかわからないが、素直で繊細そうな少女だった。

美佳が顔を上げた。

そして周囲の年表を見回した。

あのう、と遠慮がちな声がした。

「……先生のこの絵を貼ってもいいですか」

乙美の最後の年表の前へ、美佳が歩いていった。

「このままお持ちになってくれたほうが、母は喜ぶと思うけど」

百合子の声に美佳がつぶやいた。

「でも、これは先生が最後に描いた絵……」

百合子が立ち上がると、それを制して井本が奥に駆けていき、文房具や画材の入った箱を持ってきた。

ハサミを受け取った美佳が虹とワゴン車の絵をきれいに切り取り、年表に貼った。そして恥ずかしそうに言った。

「隅っこに私のことも書いて……いいですか」

隅っことはいわず、真んなかに大きく書いて、と百合子が笑うと、フェルトペンをつかんで、美佳が文字を書き出した。

——乙美先生、須藤美佳においしい豚まんの作り方を教える。

おっ、それなら俺も書けるぞ、と酔っぱらった甥が立ち上がった。

——乙美、甥の翔太の喫茶店にカレーうどんのレシピを教える。

カレーうどん、と美佳がつぶやいた。

「先生のカレーうどん、おいしかったなあ。お揚げが入ってて」

お揚げ……と姪が言った。

「あのお揚げを嚙むと、カレー味のおつゆがじゅっと出てきたのよね。あのおつゆはどうやって作ってたのかな」

レシピがある、と甥と百合子が同時に言い、小さく笑いの輪が広がった。

姪が立ち上がって、ペンを手にした。

たまらずに背を向け、四個目のコロッケサンドを手にして玄関に向かった。

パンの柔らかさのあとに来る、コロッケの心地よい歯触り。千切りキャベツの爽快さ。

何度も夢に見た食感だった。

だけど作ってくれと言えずにいた。

小さな弁当包みを抱えて、立っていた乙美を思い出す。

どうして、自分はあのとき怒鳴ってしまったのだろう。

どうして。

あれが最後の会話とわかっていたなら――。

胸が詰まっていてもソースのしみたコロッケとパンは素晴らしく美味で、一口一口を味わいながら食べた。こぼれそうな涙を寸止めして息を吸ったとき、開け放したドアに人が近づいてくる気配がした。

顔を上げると百合子の夫、浩之が立っていた。


乙美に線香をあげたいという浩之に、今日の法要はお経も線香もないと熱田は言った。百合子に会わせたくなくて、浩之を外へと促すと、川を渡る風が目にしみた。

「乙美の遺言で四十九日は法事ではなくて、宴会をしていてな」

宴会ですか、と浩之が言って、家を振り返った。

宴会とは名ばかりで、通夜のほうがまだにぎやかだった。

黙って川原へ下る階段を下りた。そのまま川に沿って歩くと、浩之もついてきた。

「気持ちはありがたいが、そういうわけだから焼香はいい」

はい、と後ろから声がした。

「あんたも宴会気分ではなかろう」

浩之が突然、行く手に立ちはだかった。そして土下座をした。

唐突さに驚いたが、それ以上に怒りがこみあげてきた。

「あんた、何をやっとるんだ」

「言い訳のしようがなくて」

「じゃあ、帰れ」

そう言って石に座る。

突然、煙草が吸いたい、と思った。三十年も前にやめたのに、なつかしく思った。苦しい。間が持たない。

煙草のかわりに、川の流れを見つめた。浩之はまだ地面に頭をすりつけている。

「芝居がかったことはしなくていいから、用があるならそこに座れ」

「初めてです、こんなふうにお詫びをするのは」

「それは結構な人生だ」

なおも浩之は顔を上げなかった。隣の石を指さした。

「もう、いいよ」

「それだけのことを……しましたから」

「そうだな。でも座れ」

離れた石に浩之が腰を下ろした。

「実は俺もあんたと話がしたかった。二人ともいい年の大人だから遠慮していたが」

浩之を見ると、黒いスーツの膝下が白っぽく汚れていた。その汚れも払わずに、浩之は川を見つめていた。百合子と同様に白髪が生え際に出ていたが、男の白髪には円熟味がある。

浩之は黙っている。

話がしたいと言ったものの、どう切り出したらいいのか迷った。

「百合子に何か……子どものこと以外になんの問題があったんだ。いや、それが一番だというのなら仕方がない。やっぱりそれか」

いいえ、と浩之が答えた。

子どものことはどちらのせいというのではなく、しいて言えば、自分のほうかもしれないと浩之が言った。子作りに熱心なのは百合子で、自分はそれほど協力的ではなかったかもしれない、と言いづらそうに語った。

「じゃあ一体、何が理由だ。あの子の何が気に入らなかった」

「何も」

「それならどうしてこうなった。聞かせてくれ。何がきっかけだ」

「きっかけなんて」

そう浩之がつぶやいて、顔を伏せた。

「しいて言えば……」

「もったいぶらずに早く言え」

「亀……です」

「亀?」

不妊治療をやめてから、百合子が亀を飼いだしたという。それは小さな亀で、室内で放し飼いにするタイプのペットだったらしい。

「それがどうした」

「亀を飼いだしたとき、母親の病状が進んで……あまり歩けなくなりました。でも車椅子を嫌って、行けるところは自分で這っていくんです」

這うんです、と浩之が口元を手でおおった。

「床を。あんなに活発で気丈だった母が、床を、這うんです。這いながら僕を見上げて笑う。まだまだ動こうと思えば動けるから、自分は幸せだって。身体が動く限りは、自分で動いてみるんだって。そんなときにどうして……母も這う床の上で亀を飼うんですか」

やめてくれと頼んだと浩之は言った。

「百合は僕に詫びて放し飼いをやめたけど、飼うのはやめない。一度関わった命には責任があるからと、ベランダで飼っていました。だけど煙草を吸うためにベランダに行くたび、亀が僕を見る。わけしり顔で、僕を見上げるんです。百合子にとってこいつは子どもがわりで……。子どものかわりに亀を可愛がっているのかと思ったら、責められているようで」

苦しかったんです、と浩之が言った。

「亀を見るたびに辛い。自分に欠陥があるようで、辛くて。それで亜由美に……溺れました」

「溺れた、か」

川の流れを見る。足が立つほどの深さでも、流れが強ければ人は溺れる。ひとたび溺れたら、自力ではなかなか這い上がれない。

溺れた、と再び、心のなかで繰り返す。若い女との情事はまさに溺れたという言葉が似合う。

一度きりのつもりだったのだ、と浩之が言った。

「いろいろ相談にのっているうちに、そういう関係になりました。でもお互い了解してすぐに別れました。彼女には別の相手がいましたから。僕みたいな中年とは、そのときは遊びだったんだと思います」

いくら見つめ続けても川はとどまることもなく流れていく。疲れて目を閉じると、百合子が東京で亀を飼っている姿が浮かんだ。

その途端、目を開けられなくなった。

開けたら、ゆるんでいる涙腺から、何かがこぼれてしまう。

どこか、ふびんで。

犬を飼おうと百合子に言ったと、浩之の声がした。

「やりなおしたくて。でもどうしても亀に耐えられなくて……百合に内緒で捨てました。外来種だから川には捨てられない。だから埼玉まで車で行って、その種のペットショップの前に金と一緒に箱に入れて置いてきました。それから百合に内緒で犬を買いに行った。二人で暮らしていたころ、飼おうとしていた犬がいたんです。でも母が犬が嫌いだからって、百合子は遠慮していました。でも外で飼えばいい。遠慮をするな、そんな気持ちで……とびきり可愛い子犬を探して連れ帰りました。でも百合は亀がいないと泣いて、見向きもしない。自分はあんな小さな命すら満足に育てられない女だと泣くんです」

その泣き方が辛くて、重くて、と浩之がつぶやいた。

「帰れません。それで犬をもてあましていたら、彼女が見たがりました。犬を連れて行ったら大喜びです。そこには小さな男の子がいるんですが、子犬と彼女と子どもと……そこで過ごすのが楽しくてたまりませんでした。彼女は少し……精神的に不安定なところもあるのですが、それすらも可愛い。わがままに振り回される自分が、若さを取り戻したみたいで……。彼女が喜ぶ姿を見るのも楽しくて」

「勝手な話だな」

はい、と素直な返事が戻ってきた。

「勝手すぎて、いやになります。のぼせていたんです。でも付き合いだしてしばらくしたら気が付いた。恋愛では魅力的だった奔放さは、実生活ではとても辛い。でも別れようとすると、彼女が自分の身体を傷つける」

愛人が妊娠したのは、そんな矢先だという。

何が悪かったのか。

そう考えたが答えは出ない。ただ掛け違っただけだ。

服のボタンと一緒で一度掛け違ったものは、はずしてやりなおさない限り直らない。

でも、やりなおせない。

目を開け、川の流れを見た。

こればかりは。

「新しい家庭を大事にな」

そう言って立ち上がると、浩之が絞り出すような声で、気付いたんです、と言った。

「何に」

「自分が溺れていたのは、家族ごっこだったということに」

離れれば離れるほど百合子が恋しい、と浩之が言った。

「何から何までなつかしくてしょうがない。ちょっとした対応の仕方、やさしい声、話し方、笑顔、何もかもが。当たり前です。一番仲の良い友達が……誰よりも気の合った友人が妻になったんです。二十年近く一緒にいても、ずっといい関係でいられた。子どものことを考えても、母親が百合子だったら、どんなに良かったかと思うんです」

「勝手なことを言うな」

浩之が目を伏せた。

「勝手すぎて、あわせる顔がないのですが、それでもどうしても、お義母さんの四十九日には手を合わせたくて」

心地よい瀬音が聞こえてきた。その響きのなかに、何か良い知恵があるのではないかと耳をすませる。

何か、百合子の力になれる知恵が。

「君のお母さんは？」

「来週から病院施設に移ることになりました。本当は空きがなかったんですけど……いろいろ手を尽くして」

「そんなに悪いのかね」

「今日、明日、というわけではないのですが、弱っています。妹の家族と同居したいと言って、断られたのがこたえたみたいです。一番可愛がっていた末っ子にそう言われて、身体より先に心が弱ってしまって」

百合子に会いたがっていると、浩之が顔を上げた。

「百合子にあやまりたいと言っています。うわごとでも……」

ずるいな、と言葉が出た。

「そんなことを聞いたら、あの子がまた東京に戻ると思っているんだろう。おふくろさんの世話をするために」

「いいえ、言いません」

かみしめるように浩之は言った。

「そのために来たのではないんです」

「法事なら、やっとらん。早くお母さんのところに帰ってやれ」

やりなおしたいんです、と浩之が立ち上がって頭を下げた。

「百合子さんとやりなおしたい。子どものことは認知してちゃんと養育費を出していきます。でも、一緒に年をとるなら、百合子さんと一緒に年をとっていきたい」

僕の母が、と浩之がかすかに笑った。

「百合子さんが東京に来たとき、なんでこんなことになったんだと泣いていました。僕も今になると、どうしてこうなってしまったのだろうかと……」

「子どもが生まれればそうは思わないさ」

「自分の子かどうか、わからなくても？」

「知らん、そんなこと。血のつながりだけを家族というのなら、うちはなんだ？　乙美は百合子の母親ではないのか。うちは偽物か？　家族ごっこをしていたのか？　言いたいことはわかる、だけどそういう相手を選んだのは自分だろう。新しい家族を……」

僕の家族は、と言葉をさえぎって、浩之がまっすぐにこちらを見た。

「やっぱり百合子です。先日、子どもの母親にそう言いました。大騒動になりました。でも母子共に問題はありません。僕の子かどうか確信は持てないが、彼女には産んで欲しいと言いました。生まれたらきちんとサポートすることも代理人をたてて文書にしています。でも彼女が産みたくなくて自分を傷つけるのなら僕はもうこれ以上止めないと言いました。仮にも教育産業に携わっている人間がそんな仕打ちをするのかと誹謗中傷《ひぼうちゅうしょう》もされています。でもいい。やりなおしたい。百合子がこんな状況でも……」

浩之が声を詰まらせた。

「会社の先行きは思わしくなく、養育費も高額です。以前みたいな暮らしはもう望めない。そんな状況でも、もし気持ちが残っているのなら二人でまたやりなおしたい。お義母さんにもそうご報告したくて」

勢いに押されて、そうか、とだけつぶやいた。

ただため息だけが出た。

生まれる前から父親がいない赤子のことを考えた。親がいないことで味わった寄るべなさの記憶は、この年になっても自分自身、今も消えることがない。

とりわけ父親の存在は——。

一体、誰の味方なのだ、と足下を見た。

百合子のことだけを考えればいいのに。

そう思えば、会っていけ、と言うべきなのだろう。でも言葉が出ない。

熱田さーん、と声がした。

声がするほうを見ると、ガードレールから身を乗り出して、井本が手を振っていた。

「ねえ来てよ、来て」

日を改めると言って、丁寧に浩之が頭を下げた。

「宴会に……水をさしてしまいますから」

「日帰りなのか」

「七時前の新幹線で帰るつもりです」

「あとで手を合わせて、ちゃんと乙美に言っとくよ。あんたが来てくれたことを」

かすかに浩之が微笑み、また頭を下げた。そしてすすきをかきわけ、階段を上っていった。

続いて土手を上がると、井本が駆けてきた。それから不思議そうに、一緒に来ないのかと浩之のほうを指さした。

「いいんだ」

井本が一瞬顔をくもらせた。しかしすぐに笑うと、早く早く、と手を引いた。

その手の力強さに身をまかせて家へと歩く。振り返ると、喪服姿の浩之が橋を渡っていくのが見えた。


居間に入って熱田は驚いた。

小さな家に人があふれていた。テーブルの上には色鉛筆やペンといった、さまざまな絵の道具が置かれ、人々が思い思いの格好で年表の余白に絵やメッセージを書き込んでいる。

なかでも目を引くのは、とにかく黒い衣類を集めて着てきたといった風情の女性たちだった。彼女たちは皆、乙美の作った『あしあと帳』を持ってきて、そこから写真を取り出して年表に貼っていた。

リボンハウスの元園長はブログで日々のことをつづっており、そこで乙美の四十九日の宴会について書いてくれたらしい。

ハウスを巣立った女性たちは現れないと思っていた。

しかし彼女たちは入れ代わり立ち代わり現れ、年表に写真を貼り、落書きのような絵やメッセージを残していく。座って乙美の年表を眺めている人も、歓声を上げて互いに手を取り合っている人も、目立たぬように来て、顔を伏せるようにして立ち去る人もいた。

そのうちリボンハウスに今いる女性たちが現れて、何かを書き込んでいった。夕方になると工場の早番の仕事を終えたという異国の青年たちが来て、楽器の演奏を始めた。

陽気な音楽が流れ出すと、うつむいたり涙ぐんだりしている人々の顔が少しずつほぐれていった。

貼られた一枚一枚の写真をのぞいて歩いてみる。どの写真もみんな底抜けに明るく乙美が笑っていて、つられて顔がゆるんでしまった。

テーブルに美佳のコロッケサンドがまだあった。

部屋の真んなかに立って一口かじり、四方の壁を見回す。

どこを見ても、幸せそうに乙美が笑っている。

あふれるような幸福感が心に満ちて、目を閉じかけたとき、誰かが入ってくる音がした。

振り返って、驚いた。

ハイビスカス柄のムームーを着た珠子が立っていた。

珠子が玄関に向かって手招きをした。

「さあみんな、おいで。ほら、恥ずかしがらずに」

パイナップル柄のアロハシャツを着た珠子の親族がぞろぞろと入ってきた。義兄だけではなく、甥も姪も孫たちもそろいのシャツを来ている。

お前は本当に、甘い。と珠子が言った。

「いいよ、常識外れをやるならやればいい。だったら、きっちりやりなさいよ。宴会には歌と踊りがつきもんだろ。それをそろいもそろって親子で暗いったらありゃしない」

大きなお世話だ、と言いかけた。

しかし珠子一家のにぎやかな出で立ちを見たら何も言えなかった。

さっきは言いすぎた、と珠子が百合子に軽く頭を下げた。

「ごめんよ、百合ちゃん、良平。乙ちゃんにも悪かったよ。だからお詫びにうちの製麺工場の宴会芸を披露するよ。しらふの人たちもいる前じゃ恥ずかしいけど、どれ、私らも一口のるさ。ほら、ミュージック、スタート」

孫息子が持参のラジカセのスイッチを押した。

南国情緒いっぱいのハワイアンに合わせて珠子が踊る。その後ろで一同が踊り出した。簡単な動きの繰り返しだが、踊り慣れているのかそろっていた。

異国の青年たちが、音楽に合わせてリズムを刻んだ。酔っぱらった親族たちが心地よさげに手拍子を打った。年表に向かっていた人々が振り返って温かい目で見守った。

外から夕焼け小焼けのメロディが流れてきた。

それはあと十五分で十七時になるという町内放送だった。

みんな、と珠子が言った。

「足腰、立つなら一踊り、立たないなら手拍子を打って、歌って踊って故人を送り出そうじゃない？　会もそろそろお開きだろう？　乙ちゃんに派手な冥土の土産を持たせてやろうじゃないか」

その声を聞いて人々が、見よう見まねで身体を動かした。その輪のなかで、珠子が泣いた。

「なんだい、本当に最後の最後まで世話をやかせて。あんたの乙女チックさには、ほとほとあきれるよ。乙美のアホタレ。良平、お前も踊れ」

尻込みしたが、井本に手を引かれた。リズムに合わせて身体を揺らしてみる。

やがて聞き覚えのある、明るい曲が流れてきた。

アロハ・オエだった。

この歌なら知っている。去り行く人に贈る歌だ。

メロディに誘われララ、と女性たちが歌い出した。その歌声は広がっていき、やがて家じゅうに柔らかく響きわたった。

曲が終わると誰かが拍手をした。そして大きな拍手が巻き起こり、宴会は終わりを告げた。


人々が帰り支度を始めると、井本が手をたたいて言った。

「手のあいている人は、熱田さんちの家具の移動に手を貸してください」

年表をはずさなきゃ、と言って、百合子が一枚、一枚、丁寧に模造紙をはずしていった。その様子を熱田は眺める。

一九三〇年代から始まり、二〇〇〇年代で終わってしまった表を。

テレビや新聞に晴れやかに報道されるようなことは何ひとつない。それでもたった三十六枚で書き表せる時の流れのなかに、どれほどの笑いと涙が詰まっていたことか。

はずした一枚、一枚を丁寧に重ねて両手で抱えると、百合子がかみしめるようにつぶやいた。

「空白が……消えてる」

あれほど広かった空白はどこにもなく、三十六枚の紙には写真と絵とメッセージがぎっしりと埋まっていた。

「どこもかしこも、とてもきれい」

年表を抱きしめ、百合子が泣いた。

「これが乙母さんの人生……私の、お母さんの人生」

その姿を見つめた。

いつか自分の時も止まる日が来る。百合子の年表にそう書かれる日も、遠からぬうちにきっと来るだろう。

自分が消えたその先、娘はどんな事柄を書き付け、白紙を埋めていくのだろう。

笑顔でいて欲しい。

できることなら、幸せな事柄で埋め尽くされていって欲しい。

「百合子よ……お父さんはお父さんなりに一生懸命考えた。愛ってわからんとお前が言うから、ちゃんと答えてやりたくて。だけどやっぱりお前と一緒で、よくわからん」

年表に顔をうずめて、娘は泣いていた。

「けれどお前の寂しい気持ちはよくわかる。でもそれは誰にも埋められんよ。お前の年表の空白はお前が動かなければ埋められん」

浩之は、やりなおしたいと言っていた。

その言葉を伝えるべきか。

伝えたら、百合子は東京に戻っていくかもしれない。愛があるのか定かではなく、便利な介護人のように扱われるかもしれない家へ。

それでも——。

まっすぐにこちらを見て、やりなおしたいと言った浩之の顔を覚えている。

四十九日の間、誰もが答えを探し続けていたのだ。

「百合子」

娘が顔を上げた。

「さっきな、浩之君が来た。しかし俺は追い返した」

百合子が振り返った。

「お前とやりなおしたい、そう言っていた。女性とは別れたようだ。子どもは養育費もきちんとして、責任をとると言っている。あっちのお義母さんは……あまりよくない。家で世話をしきれず施設に入るそうだ。これからは経済的に辛くなるらしい。お前も気持ちにしこりが残るだろう。だけどお前に気持ちが残っているのなら、ほかの誰でもない、お前と一緒に年をとっていきたいと言っていた。自分の家族は百合子なんだと」

百合子がうつむいた。

「また怒るかもしれんが、俺の意見は……やっぱりお前の好きなようにしろ、だ。離婚して新しい人生を歩むのもいい。だけど、二人で話し合ってやりなおすのなら、それもまた新しい人生だ。今のお前は乙美の年表で言ったらなかばすぎ、折り返し点の最初だ。何をするにせよ、新しい気持ちで心して当たれ。それだけだ」

御神輿《おみこし》をあげるようなかけ声がして、井本の指示で納戸から次々と家具が運び出されて元の位置に置かれた。さらに井本が細かく指示をして、出ていたものを片づけると、参列の人々は少しずつ帰り始めた。

玄関から道に出て、去っていく人々に深く頭を下げた。

遅れて百合子がやってきて、頭を下げた。

頭を上げたとき、百合子がぽつりと言った。

「お父さん、そんなにお義母さんの具合は悪いの？」

「今日、明日というわけではないらしいがな」

「浩之さんは……」

「お前に詫びたくてここまで来たが、宴会に水をさすからといって帰っていった。またあらためて来るそうだ」

そう、と百合子が言った。

なぜか今度会うときは、浩之の母親の葬儀のときのように思えた。

「名古屋に泊まらず日帰りで、七時の新幹線で帰ると言っていた」

憂いに満ちた顔で、百合子が橋の方向を見た。

その左手の薬指に、まだ指輪が残っているのを見る。

橋を渡っていく浩之の姿が目に残っていた。髪を整え、薄く化粧をした百合子は親のひいき目かとても美しく、典雅な一対の人形の片割れのように思えた。

追いかけるか、となぜか声が出た。

百合子が首を横に振った。

許せんのか、と聞いたら、また首を振った。

「もう気持ちは残っとらんのかね？」

百合子がうつむいた。

見るのが辛くて顔を上げると、二階の窓が目に入った。

真新しいカーテンが目に入った。街灯に照らされ、白さが目にしみる。

あれか、と不意に思った。

そしてあれだ、と確信した。

苦い笑いがこみあげた。

行け、と声を張り上げた。

「遠慮をするな、百合子。お前は、お父さんにまで遠慮をするな」

お父さん、と小さな声がした。

「行け。気持ちが残っているなら、なりふり構わず追っかけろ。振り返るな。振り返ったらいかん、人生は短いぞ」

　お父さん、とさらに小さな声がした。

「今からなら、車で行けばたぶん間に合う」

　二階の窓を見上げた。

　あの窓に、閉じ込めてはいけない。万里子のように川を眺めさせてはいけない。

　この子の家は、もうここではないのだ。

　四十九日の間、一緒に過ごせただけで充分幸せだ。

　お父さん、と百合子が顔を上げた。

「いいから、百合子、行け。好きにしろ」

　ほろりと涙が頬をつたって、お父さん、と唇が動いた。

「……ごめんなさい」

「なんであやまるんだ。あやまることなんて、ひとつもない」

　馬鹿だったらよかったのに。

　無神経であれば、生きやすいのに。

　人より聡《さと》くてやさしいゆえに、この子はいつも多くを察して前に出られない。

「泣くな、百合子。とっとと浩之君に電話をしろ。タクシーを呼んでやるからな」

　なだめてみたくて、一瞬だけスキップをするように走ってみせる。泣きながら百合子が笑った。

「お父さん……怒鳴らないで」

「怒鳴ってるわけじゃない、怒ってるわけじゃないぞ」

家のなかへ小走りに向かいながら、さらに声を上げる。

「本当だぞ」

怒ってなどない。怒るはずもない。

ただ、ほんの少し寂しくなるだけだ。


井本に挨拶をした百合子が、差し出された手を両手で握った。井本がそれに左手を重ねた。

ありがとう、と言って百合子が頭を下げた。深々と頭を下げられて恐縮した井本がさらに頭を下げようとしたので、一瞬、二人は手を取り合ったままよろめいていた。

何をしているんだ、と笑った。

顔を上げて井本が笑い、つられて百合子も笑った。

「イモさんのおかげで、本当に助かりました。ありがとう」

いやぁと井本は笑った。

「良かったっす。乙美先生も安心するよ」

その声を背にしながら道に出て、川の向こうを見る。対岸をタクシーが走ってきて、橋へ曲がったのが見えた。

「おおい百合子。忘れ物はないか、まあ、あってもあとで送るからいいけれど」

そう言ってからあわてて作業部屋に戻る。

乙美のレシピのカード集を手にした。

「百合子、これ、持ってけ」

「レシピ集？　でもこれがないと、お父さんが困るじゃない」

「これの中身にな、お父さんの絵が描かれているレシピと、百合子の絵が描かれているレシピがあるだろう。ダーリン熱田と百合っちって、呼ばれてたみたいだが」

井本と百合子が笑った。

「そのダーリン熱田はお父さんにあてたレシピで、百合っちのはお前にあてたレシピだ」

カードをばらばらにして、あちこちに置いて見ているうちに、法則性があることに気が付いた。

美容に関する食事のレシピや高度な家事の技術は百合子に、ごく基本的な家事と健康生活の維持に向けた食事のレシピは夫向けに、乙美はリボンハウスの女性たちに教えるかたわら、カードを書き分けていたようだった。

「カードの全部をこの前、二つに分けてみた。そうしたら、実は最後にもう一枚、表紙のカードが入っていた」

それはキリンの前でポニーテールの女の子が笑っている絵だった。恥ずかしそうに笑っているその姿に見覚えがある。

初めて乙美を百合子に紹介した動物園で、ずっと緊張していた百合子がうちとけ、うれしそうに眺め始めたのがキリンだった。

きっと百合子は覚えていないだろうが——。

百合子が「暮らしのレシピ」と書かれた表紙にそっと触れた。

「私ね、思い出した。レシピってお父さん、処方箋って意味もあったね」

「処方箋？　湿布を貼れとか頓服を飲めとかいう」

「そう……処方箋、四十九日のレシピ。乙母さんが私たちが立ち直れるように残してくれた、四十九日の暮らしの処方箋《レシピ》」

再び百合子が井本に頭を下げた。

「ありがとう。本当にありがとう」

「百合っち、ほらほらタクシー来たよ」

照れたのか井本が百合子の背を押した。車が着くと同時に助手席のドアを開け、声を上げた。

「名古屋駅まで大至急。安全運転で大至急、頼みます」

後ろに乗り込んだ百合子が再び泣いた。照れ隠しに怒鳴った。

「百合子、ガンバレ、ガンバレニャン」

小さくうなずくと、かすかに百合子が笑った。

「頑張る……ニャン」

車はUターンをすると、猛スピードで走っていった。

こんなときでも百合子は背筋を伸ばしているのか、まっすぐに伸びたうなじが橋へ曲がるときにはっきりと見えた。

その真面目さ、頑《かたく》なさが男にとってはときに息苦しく、浩之が他の女に走った理由のひとつだろう。

しかしその不器用さは明らかに自分譲りで、それがゆえにたまらなくふびんで愛おしい。

カツカツとサンダルのかかとの音がして、井本が隣に並んだ。

「やあ、行っちゃったね」

「ああ、行ったな」

「部屋は大体片づけ終わったし、洗い物もした。百合っちのまとめた荷物は明日宅配便の人が取りに来てくれるし、こたつも出した。晩ご飯には台所でおでんが煮えている」

「そうか、じゃあ食べるか」

「いやあ、それでね」

黄色い髪をかきながら、井本は困ったように言った。

「実は言い出しにくかったんだけど、私もそろそろ行かなきゃ」

「どこへ？」

「いや、あの、実は先輩から、うちで働かないかって誘われているところがあって。でも乙美先生の四十九日はしっかり終わらせてからにしようと思って」

「そうか、できれば引き続き家事サービスをお願いしたいと思っていたんだ。毎日は無理だが、月に何回かでもいい。俺も、いろいろ自分でやれるようになったから」

「いや、ずっとそうしたいと思っていたんだけど」

何度も大きくうなずきながら、井本はうつむいた。

「やっぱり行くよ」

「そうか」

最初から四十九日までとわかっていたのに――。

なんだろうか、この寂しさは。

「じゃあ、イモにもタクシーを呼ぼうか」

「いや、オッケーっす。先輩が迎えに来てくれています」

そのかわり、と言って笑うと井本は小さな笹舟を見せた。

「私の家のほうの風習なんですけど、法事のときに小さな紙人形を流すんです」

「流しびなみたいなものか」

乙美はひな祭りのときには必ず、紙で作ったひな人形を笹舟に乗せて川に流していた。

「そう、先生も自分の家にもそんな風習があったって言ってました。だからささやかだけど、作ってみた」

笹の葉にはビキニを着た金髪の紙人形が乗っていた。

「で、熱田さんの分も作ってみた」

「いやだな、縁起の悪い」

「ごめん、でも舟じゃないよ、サーファーなの。笹のサーフボード。ちゃんと片足を上げてるでしょ」

たしかにその人形は両手を広げ、片足を上げていた。

「サーフィンってのは、片足を上げてやるものなのか？」

「知らなーい。なんだか寂しいから上げてみた。ま、乙美号だけじゃ寂しいじゃん。これを流したら、私の仕事もひとまず終了ってことで」

せめて夕飯を食べていけ、と言いかけて言葉をのみこむ。

どこか少し急いでいるような気がした。

「そうか。本当に寂しくなるな」

「寂しくない、寂しくないよ、熱田さん。きっといつかまた会えるもの」

二人そろって川原への階段を下りると、井本は橋の上を見上げた。

「どうも川ってのはおっかないんだよね、夜の川は特に。ここは橋の照明が当たるからいいけど、暗いと別の世界にひきずりこまれるような気がする」

「だったらよせばいいのに」

そういうわけにはいかない、と言って、川原に着くと井本は舟を差し出した。

「見送られると寂しいから、これ、乙美号を熱田さんが流してくださいよ。その間に私、消えます。百合っちの次に私が帰る姿なんか見たら、また熱田さんが牛乳生活に戻りそうだもん」

「もう、ならんよ。だから見送るよ」

「いやあ、いいです。寂しくなるから。ありがと、良平さん」

照れ隠しに勢いよく笹の舟を水に投げた。乙美号は目の前の水に浮かび、笹のサーフボードは宙で何度か回って、いきなり沈んでいった。

「おい、サーファー熱田号、いきなり沈んだぞ、ひどいな……」

笑って振り向いたが、井本の姿はすでになかった。

段を駆け上がって左右を見る、遠く、川下に向かって一台の車が走っていくのが見えた。

しかし井本がそれに乗ったとも思えず、あたりを見渡した。

「おおい、イモ、井本、イモちゃん、おおい」

返事はなく、川の音だけが耳に付いた。

「イモ、井本、イモさん」

あたりを見渡して声をかけ、川原に戻った。

笹舟はすでになく、瀬音だけが響いている。

そのとき、突然腹の底から笑いがこみあげた。

「そうか、そういうことか、そうか、そうなのか。ひょっとして」

笑いは止まらず、なぜか涙があふれ出た。

「そうか、お前、鬼の扮装で現れたのか、たしか何かの写真に一枚、鬼の格好したやつがあったな。お前、あの格好で来たんだな、ばれたら困るから。お前だったのか、乙美。そうか……そうだろう？」

笑ってしゃがみこむ。

そんなはずがないのに。

川原の石の冷たさが、腰に伝わってくる。

「そんなはず、ないよな」

だったらどうやってブラジル人の青年を連れてきたのだ。ただでさえ言葉が不自由なあの青年を。

小石をつかんで川に投げる。続けざまに石を放って、急になめらかなものに触れたのに気付き、手のなかを見る。白い石を握っていた。

そうか、と笑った。

万里子はここで拾った白い石を死の間際まで握っていた。死後にそれを見つけた珠子が、万里子の服でお守り袋を作り、幼い百合子に持たせていた。

その石について万里子は何も語らなかった。

同じように自分が誰にも話さなかったこと。

女の子のような、柔和な顔立ちの青年を思った。

あれは——。

「お前……お前も来たのか？　違うか？　姉さんのピンチに黙っていられずに。そうだろう？　お前はやさしい子だからな」

やさしすぎて、この世界に生まれいでなかった子よ。

ハルミ、とつぶやいたら、涙がこぼれた。

「そうだよな、お前……お前はうまく話せないよな。言葉がわかったって声がさ……産声すら、上げられなかったんだもんな。お前は……」

涙があふれて、うつむいた。

なつかしいビートルに気持ちよさそうに乗っていたハルミを思った。出かけようとするたびにいつもタイミング良く声がかかって、あちこちへ運んでくれた。

なつかしいあの車で。

どうやって動かしてたんだ、とつぶやいたら、ゆっくりと橋を渡っていく黄色いビートルを思い出した。

「そうか、そういうことか」

低い笑い声が唇からもれた。

「タートルか」

きっと百合子の亀は死んだのだ。ペットショップの前に捨てられて。

ふふ、と笑って、石を握った。

「俺は、頭がおかしいのかな？　おかしいんだろうな。ぼけたのか、狂ってきたのか」

それでもこのまま狂っていけるのなら幸せだ。

亀に乗って幻の子どもが現れた。素っ頓狂な格好で妻が戻ってきてくれた。

その幸せな気持ちのままでいられるのなら。

「先輩が迎えに来たって言ってたな。そうか先輩……万里子か。元気でいるのか？　ハルミも一緒か。それなら寂しくないな」

立ち上がると、夜の川が目の前に広がった。

「だったらよかった。だけど俺は寂しいよ」

乙美の言葉を思い出す。

川は、すべての境目、異世界の入り口。夢と現実、過去と未来、正気と狂気、あの世とこの世の境界線。

「おおい、乙美、乙美。待ってくれ、俺も一緒に行くよ」

足は軽やかに動き、迷わず川のなかに駆けていった。膝までの深さまで走ったとき、強い水流に足をさらわれ、両手を川のなかにつく。

「おおい、俺はもう掃除もできるし、飯も作れる。洗濯も覚えたぞ。今度はきっと楽しくやれる。すまなかった、乙美、ごめんよ、乙美、何度も俺ばかり置いていくな」

水は冷たく重く、身体を支える両手両足がしびれ、それでも這ったまま前に進んでいくと、やがて身体が浮いた。目を閉じ、水のなかに沈み、手を差しのべて願う。

「乙美、いいから連れて行ってくれ、乙美よ」

伸ばした手に手応えがあり、思いきり握りしめた。身体が引き上がる感触があり、呼吸が急に楽になった。

目を開けると一面の星空だった。その雄大さに、ここがあの世かと手につかんだものを見る。ただの草だった。

息を吐きながら、ゆっくりあたりを見回す。

対岸に流れ着いていた。

笑うつもりで小さく口を開けた。すると涙がしみ出てきた。

死んだ妻がこの世に戻ってくるはずがない。ましてや黄色い髪の娘であるはずがない。車もブラジル人の青年もたしかに存在していた。自分一人ならまだしも、百合子も他の人々も井本をちゃんと見て、話をしていたではないか。

「馬鹿馬鹿しい」

そうつぶやいて目を閉じる。

「あの子は走っていって車に乗ったのだ。身軽な子だから、それぐらいやれる。馬鹿馬鹿しい」

馬鹿じゃなかろうか、と何度もつぶやきながら、土手に向かって這い出した。もし今日、こんな時間にこんなところで死んでいたら、百合子は一生、自分の行動を責めるだろう。

「とんでもない」

だが、しかし、もし万が一、と川面へと目を向ける。

もし、そうだったとしたならば、ひとつだけ聞きたいことがあった。

乙美よ、お前は幸せだったのか？

欄干にもたれ、震えながら橋を渡ると、玄関に倒れ込んだ。寒さに力が出ず、居間まで這ってふすまを開けると、おでんの匂いが全身を包み込んだ。

濡れたものを脱ぎ、裸のまま首までこたつにもぐりこむ。すると台所に続くガラスの戸が目に入った。

それを見て泣き、笑った。
くもった戸に特大のハートが幸せそうに描かれている。
その真んなかには大きく『ＯＴＯＭＩ』とあった。

エピローグ

愛知県の実家の庭に立ち、百合子はホースで水をまく。草木の緑がしっとりとした色を帯び、霧のような水滴が空中に広がっていった。

水を吸った土の匂いが、立ちのぼってくる。

遠くから蟬の声が聞こえ、夕日が庭にさした。

四十九日の宴会がこの間のことのように思えるのに、今日の午後、乙母の三回忌を終えた。

あれから二年もたつのかと、二階を見上げる。

あの宴会のあと、東京に戻った四ヶ月後に亜由美は「リイナ」を出産した。天使のように愛らしい色白の女の子で、毛髪は薄い砂色をしていた。その髪は光の加減で金とも茶ともつかぬ色に見え、数日後によく似た髪の色の男が父親だと言って現れた。

浩之の前に交際していた、ハワイ在住のアメリカ人だった。

亜由美は結局アーティストだというその男と結婚し、今は子どもたちと一緒にハワイで暮らしている。

そしてあのとき三十八歳だった自分は四十代になった。

今は浩之の会社で働くかたわら、図書館で司書のボランティアをしている。月に数回、子どもたちに向けた展示を作ったり、本の相談の手伝いをするのがとても楽しい。

そうして日々の暮らしを大切にしているうちに、以前より浩之と心が通いあうようになった。最近は若いころより仲むつまじく暮らしている気がする。

車が家の前に停まる音がした。

僧侶を寺に送りがてら、買い物に出ていた浩之と父が戻ってきたようだ。今夜は父が手料理を振る舞ってくれるらしい。

完全に乙母のレシピをマスターした父は、一人で何もかも家事をこなすようになり、東京で暮らさないかと誘ってもこの家から離れない。最近は趣味の釣り三昧で、それを通じての友人が泊まりこみでよく遊びに来るという。しかし井本とハルミの消息はわからない。

二人と連絡がつかなくなったことを父はそれほど寂しがらず、それでいい、と言っていた。

それでいいんだ、と。

水をまく方向を変えたら、虹が立ちのぼった。

太陽に背を向けて水をまくと、後ろから差し込む光が水滴に反射して虹が浮かぶ。

通常は決して見えない光の色が、いくつもの条件が重なったときだけ、波長が合って現れる。

黄色い髪の少女と白いシャツの青年が心に浮かんだ。

父と二人で、虹を見たのかもしれない。

太陽に背を向け、生きることを捨てかけたとき、虹は現れる。そして生きる気力を養い、人が再び太陽に向かって歩き出したら、その背を押してはかなく光に溶けていく。

溶けて――。

不意に涙がにじんで、視界がゆらめいた。

だけど、ずっと忘れない。いつかまた出会える気がする。

そのときは明るく笑っていたい。

父と浩之が呼ぶ声がした。

水を止め、声にこたえて歩き出すと、清々しい風が吹いてきた。

そのやさしさに振り返る。

庭に残ったあしあとの上に美しい虹が浮かんでいた。

この作品は、書き下ろしです。

伊吹有喜（いぶき・ゆき）

1969年三重県生まれ。中央大学法学部卒。
2008年『風待ちのひと』（『夏の終わりのトラヴィアータ』改題）で
第三回ポプラ社小説大賞特別賞を受賞してデビュー。
本作が第2作目。
公式サイト　http://ibuki-yuki.jp

四十九日のレシピ

2010年2月17日　第1刷発行
2010年5月27日　第13刷

著　者　　伊吹有喜
発行者　　坂井宏先
編　集　　吉田元子　藤田沙織
発行所　　株式会社　ポプラ社
〒160-8565　東京都新宿区大京町22-1
電話　03-3357-2212（営業）
03-3357-2305（編集）
0120-666-553（お客様相談室）
FAX　03-3359-2359（ご注文）
振替　00140-3-149271
一般書編集局ホームページ　http://www.poplarbeech.com/
印刷・製本　共同印刷株式会社

© Yuki Ibuki, 2010 Printed in Japan
N.D.C.913/263P/20cm　ISBN 978-4-591-11535-0

落丁本・乱丁本は送料小社負担でお取替えいたします。
ご面倒でも小社お客様相談室宛にご連絡ください。
受付時間は月曜日～金曜日、9:00～17:00（ただし祝祭日は除きます）。
読者の皆様からのお便りをお待ちしております。
いただいたお便りは、編集局から著者にお渡しいたします。